U0661194

黄东云 主编

世界○最初的+直觉

中山大学诗歌选

THE ORIGINAL INTUITION OF THE WORLD

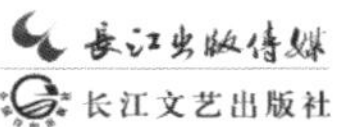

图书在版编目（C I P）数据

世界最初的直觉：中山大学诗歌选 / 黄东云主编
. -- 武汉 ：长江文艺出版社，2018.3
ISBN 978-7-5702-0255-3

Ⅰ. ①世… Ⅱ. ①黄… Ⅲ. ①诗集－中国—当代②歌词集－中国－当代Ⅳ. ①I227

中国版本图书馆 CIP 数据核字(2018)第 031686 号

责任编辑：谈　骁　　　　责任校对：陈　琪
装帧设计：禮孩書衣坊　　　　责任印制：邱　莉　　王光兴

出版：长江出版传媒　长江文艺出版社
地址：武汉市雄楚大街 268 号　　　　邮编：430070
发行：长江文艺出版社
电话：027—87679360
http://www.cjlap.com
印刷：广州市天河穗源印刷厂

开本：720 毫米×1020 毫米　　1/16　　印张：16　　插页：2 页
版次：2018 年 3 月第 1 版　　　　2018 年 3 月第 1 次印刷
行数：6400 行

定价：39.00 元

目录
CONTENTS

马莉

MA LI

光芒不需要光芒的照耀

马莉

画家、诗人、作家。生于广东湛江市。1977—1982年就读于中山大学中文系。中国书画院艺术委员，中国作家协会会员。现居北京宋庄。诗歌作品有《词语在体内开花》《时针偏离了午夜》《金色十四行》《黑色不过滤光芒——中国当代诗歌画史》《马莉诗人肖像画集》等。

倏忽之间，光芒显现了
光芒洒下芬芳的自嘲，焦虑的光芒
从墙壁洞穴涌出，晃动着，犹豫不决
是不是昨日的海水阻挡了寒流
太阳的风暴才显得娇小可爱
是不是眼睛的疼痛击伤了内心
隔膜才使陌生变得亲近
亲近更加陌生！欢乐多么易碎
光芒从来吝啬，强烈时它会自动熄灭
光芒不需要光芒的照耀
正如黑夜不需要黑夜的垂怜
黑夜与光芒悬隔而遥遥相望
还没有来得及紧紧相拥
就已经变得陌生

时针偏离了午夜

天冷了，时间蜷缩在时钟里
楼梯的墙皮开始脱落，朋友们
陆续而来，寒冷也穿上皮夹克
穿上厚重的大皮靴，风暴吹裂了冬天
植物的手脚开始脱皮，停止生长，天冷了
步伐沉重了，大地裸露出心脏，时间
蜷缩在时钟里，而时针围绕着时间
我的朋友都在老去，疾病跟踪他们
可靠性消失了，白天徘徊在暗夜边缘
时间的手指拨快时针，时针偏离了午夜
直指我们的心脏，有一天我们老了
眼角低垂下来，目光落在脚下？
有一天我们出发，寻找河流大海？
船划着我们，用它的桨？

语词在体内开花

声音散落地上，妖媚怒放
我的画挂在最明亮的地方
把手放在画布上，把你嵌进光芒里
房屋体温逐渐上升，花园裸露心脏
伤害就是爱，一点点盐、一点点糖
最少就是最多，我的爱匍匐在阳台上
穿上黑夜的衣裳，我的爱是穿墙大盗
舌尖锐利，虚妄的征途遥远又坦荡
我的爱不停止地歌唱并操纵着预言
秘密地喝水，每天记下冒犯的思想
我的爱是你的窥探，你眼角长出皱纹

永不怀疑，我需要这样的营养
语词在体内开花，或落荒而逃
今天，敞开窗就看见一个行者加入骗子行当

保留着对世界最初的直觉

坐下来吧，我给你讲一个故事
人类寻找光的故事
从前，光跳跃在影子的上空
窥视着人类的行走，那时候
空气迷恋流水，从周围溢涌而出
那时候光已死去多年，大地逃离阴影
你出现了，满天锐利的光，受伤的光
指上站立的光，击痛了风景
门敞开了，我的手伸向翅膀，握住了光
一束明亮的祈求，那是最后一夜
我离开了你，朝着故事的结局走去
沉入幽暗的光中，看见你坐在树下
目光平静，保留着对世界最初的直觉
和一生都无法剔除的隐痛

黑色不过滤光芒

黑色是不是最纯洁的颜色
是不是比我们的血液更加纯洁
它有没有重量？是不是最轻的重量
如同空气的影子，只在光芒中疾走如飞
历经浩劫，黑色是不是最难以把握的颜色
黑色的声音是不是黑暗的声音

是不是疲惫的脚走向远方的停顿
黑色是不是最爱护我们心脏的颜色
结束生命的颜色，已经安息的黑夜啊
黑色是不是叛变的手指，是不是神经的暮色
我曾经疯狂地爱它，因为黑色不过滤光芒
它不是光芒的颜色，它用疼痛抓紧回忆然后拆解
然后贴近我的脸庞，它是光芒中的光芒
黑色是最深刻的颜色，但它不是我的颜色

爱一个人能有多久

爱一个人能有多久
极端小心翼翼在这世上行走
没有事先约定，也没有预感
在亿万年前尚未到来的时刻
时间还未苏醒还未养育岁月
无死者亦无生者，空间深邃而寂寥
爱一个人能有多久，比死亡，比尘埃
比我们哀伤的祖先还要哀伤的世界上
我听见你的咳嗽，空荡荡的心跳，爱一个人
能有多久，草尖上的光芒也感到疼痛
问问时间吧，它有没有长度
它的长度究竟多长？还要多少年？还要等多久
问问死亡亲爱的死亡，爱一个人能有多久
是不是，直到墓穴里产下晶莹的婴儿

这是什么声音啊

人们忘记听取祖先回忆，做各自事情

橱窗闪耀，人流熙攘，车水马龙
告别的告别，哭泣的哭泣
人们忘记雨后春虫纷纷醒来，河岸草丛
高墙树下，大街小巷，肆意鸣叫
痛苦的词句，海水流经远方的绵绵途中
祈祷的祈祷，行骗的行骗……但是
一只花瓶从夜晚的额头、城楼的高处，轻轻
跌落了，跌落在时间逗留间隙，清晰而妩媚
中国古代瓷器的声音，封建时代的声音
它远道而来，并非发号施令
这声音有光，擦亮夜空，时而急速时而矜持
缓慢穿越城市冰冷的面孔，今夜
全城人做梦，并竖起耳朵倾听

一只狗深刻地啃着骨头

一只狗在月光下啃着骨头
一只专注的狗，旁若无人的狗
在蓝色夜晚蓝色村庄奔跑又停止的狗
正啃着骨头，它仔细啃着，舔着，咂巴着
咀嚼着，品味着，调皮地戏耍，比诗歌抒情
比思想深刻，一只专注的狗，它把宇宙
当成唯一的宇宙，把骨头当成唯一的骨头
月光勾勒它的嘴脸，我嫉妒它的缓慢节奏
我嫉妒它无视我的存在，我猜想它的感受与众不同
比人类深刻，它啃着，把时间啃得光滑又湿润
那根骨头多么幸运，它被享用
在腐烂之前，被一只狗深刻地啃着
像手艺高超的师傅面对小零件
月光下，骨头兴奋得通体洁净

远处和更远处

沙尘暴风中疾走，远处的风筝
折断了，杏树努力抵抗，弯下腰身
牲畜和农人把黑色的身影留给远方
村落里，落霞与果子们(黄色、青色、红色)
兴奋地扑向大地，互嗅清香
傍晚缄默着脸，躺在晒裂的地上
呼吸叶脉深处蹦出的热气，孩子的笑声
牵扯远处蝴蝶欲飞的翅膀，遮住黄昏
你走在回家的路上，眼角保持湿润
你轻轻敲门，钥匙转动的韵律触及美好时光
隔壁传来婴儿啼哭，他从母腹的大海
刚爬上岸，解开襁褓
人们惊喜得手舞足蹈，哦，孩子别哭
在更远处，时间的刻度上
光阴已为你备好了长度

陷落在风景中

声音该有力量
出现在右边，在楼梯口
拿在手中的利斧，该有力量
亲切又陌生的辞藻不要频繁地使用
利斧呈现明亮的光泽，力量该有气息
气息正在逼近，该有美好的沉默
沉默是发光者向黑暗致意，正义的声音
此时重复出现，又重复消失
焦虑的事物抵挡不了外界的阴霾
声音出现在左边，在露台上

熟悉的脚步总是收放自如，很稳，很轻
眼睛彼此相撞，门扉就会自动敞开
时辰到了，所有的声音陷落在风景中
声音该有力量，不然我们会再度失踪

在我的画布上

它垂下沉重的翅膀
它难过地望着日子的面孔
它看见空虚的时间逆流而上
它复活春天的记忆，太阳的光芒美如发丝
它在时间的结尾目送打躬抱拳的人们
它伸长手臂，发现筋骨暴露着旧时仇苦
比黑金还坚固的睫毛，长着惊恐万状的细节
它看见事物在深处隐藏，星空离它很远
时间离它更远，我不能在途中倾听到它
不能在明亮中抽回它的光线，不能让它
在时间里苏醒，睡去，又苏醒
但我一点也不忧心忡忡，黑暗中
月光装满我的想象
时间默饮我过多的灵感

孩子与鸟

一个男孩走来
口袋装着三只鸟儿
一只跌落在飞翔的途中
一只半闭着眼睛以使面孔模糊
一只躺在星空的身世里，孩子看见

被俘的夜晚，事物静默着
恐惧绕道而行，孩子跟随鸟儿意志
声音被河流冲撞，带走了
喉咙里发出的诡异鸟语
他的手被鸟儿的翅膀邀请，飞翔起来
他的眼睛长在树上，半闭着，身体渐渐蜷伏
他的皮肤长满了失忆的荆棘，三只鸟
争先恐后和他交谈，一只讲述他生前
一只描绘他身后，一只高高站在女巫师的头顶

木子角

MU ZI JIAO

致唐家湾

我不愿拿你的色彩层次去和天空比较，
因为那是云的天空，而你是我的海。

一

远处你波浪的卷发无限延长；
而你炽热的唇朝北吻向了岸。
视野里小小的船只像是婴儿
甜睡在你的胸怀。

浪潮栽培的花朵儿在触石的瞬间
绽放且凋谢，不等旧的生命
消失殆尽，新的一群已随后跟上。

在梦里或是在对未来的回忆中，
我们曾经遇见过，如今重逢；

木子角

中山大学2012级紫荆诗社创作部成员。

是否我于你也像你此刻在我眼前——
异常熟悉却又与梦里或记忆不同？

星星不会在意月的圆缺，圆满时
是他着迷的，弯弯一幽也是他所热恋的；
正像光不论披了雾的纱还是裹了雨的衣，
她依然是绿植的圣使——我爱你也如此！

我不愿拿你的色彩层次去和天空比较，
因为那是云的天空，而你是我的海。

二

我的心多么像那光辉里的船只
暴露，停泊，安静无声——
我爱你，那爱也许渺小然而长在。
在天空的蔚蓝色中滑翔
是相伴时的快乐，自由，是美
成了灵魂最温柔的枷锁；
而那种灰调该是离愁即思念
飞掠过荷塘、秋林，飞掠
当折叠的四季缓缓打开

关于守候，无论月亮是否看见
都早已化作：礁石、岛屿。
一个是海湾而另一个是海岸——
拥抱和吻不分，时辰也难分。
岁月如果会惋惜黄昏，消逝
音乐和诗如果追忆过去，迁徙
我如果寻索生命的狂放和安宁：
有如火焰般的诞生，依然是
从凝视变为对视开始。

王冰玉
WANG BING YU

二十二只田螺

在我家乡
人们管哭叫嘲田螺
大概是
一个人忍不住要
哭的声音
像极吸田螺
家乡的人
都是些
快乐而优秀的小说家
用吃田螺那么温馨的事
形容悲伤
曾经我想成为一个忧郁的诗人
然而
一个蹩脚而快乐的小说家
深深地使我激动

王冰玉

中山大学2015级民俗学硕士生。

我想这个下午
独自
坐上到台东的公交车
在一间
梁太螺蛳粉的小店
要上二十二只田螺
与一碗螺蛳粉
这时
火烧云从故乡漂泊到远方
二十二朵田螺
在晚霞里
齐齐歌唱

王巧丽

WANG QIAO LI

王巧丽

中山大学生命科学学院
2015级学生。

心　雨

这么多年，我看错过很多人
承受过许多背叛，也曾经狼狈不堪
可是真的都没关系
只要死不了，我就还能站起来
很多时候我们说放下了
其实并没有真的放下
我们只是假装很幸福
然后在寂静的角落里孤独地抚摸伤痕
时间并不会真的帮我们解决什么问题
它只是把原来怎么也想不通的问题
变得不再重要了
很多时候，心里明明不是那样想的
却控制不了自己而说出相反的话
究竟是我们太执着于所谓的自尊
还是我们都已经习惯了口是心非

不懂安慰，只懂默默落泪

情　话

说好饮了这杯酒再也不回头
可醉眼蒙眬
你伸出手时还是会跟着你走
听说晚安是最长情的告白
但我只知早安是最深情的问候
你说　十里桃花　两人一马
后来　谢了繁华　生死无话
早知如此绊人心
何如当初莫相识
你说再热闹也终须离散
我便做了这一辈子给你看
你是我期待又矛盾的梦想
想喝又怕醉的酒
世间万千种面孔
偏偏却对你的笑容
情有独钟
感谢生命中所有的幸运
比如遇见你

友　谊

世界上最美妙的礼物
是朋友的祝福
她就像黑夜里的点点繁星
虽远在天际

但那份光明却是彼此心中的永恒
真诚的友情像一条清澈的小溪
在心底留下深深的惦记
走得最急的是最美的风景
伤得最深的是最美的感情

王威廉
WANG WEI LIAN

一个人出生的地方

王威廉

先后就读于中山大学人类学系、中文系，中国现当代文学博士，中国作家协会会员。出版有长篇小说《获救者》，小说集《内脸》《非法入住》《听盐生长的声音》《北京一夜》等。现任职于广东省作家协会，兼任广东外语外贸大学中国语言文化学院创意写作专业导师。

一个人面对他出生的地方
就像冬天暖房里的蔬菜
它不知道为什么
自己会在这个时候冒出来

一个人想起了出生的地方
意味着他终于获得了适当的历史感
但一个人从不背叛出生的地方
就像触手可及的肉体取消了色情

一个人频繁提起出生的地方
必是为了强调些什么
一个人对出生的地方闭口不谈
必是为了遮蔽些什么
但不管强调的和遮蔽的是什么

事实上都与这个人无关

一个人经历的风霜越多
距离出生的地方越近　而不是相反
哪怕他在地球的另一端
出生的地方也会尾随而至

一个人既然已经出生
出生的地方就会把自己
隐藏在镜中的某处
然后戴着隐喻和神话的面具
在现代的巫术中一遍遍重生

一个人就像旷野上飘浮的民歌
找不到那动情的歌手
一个人出生的地方　即使没有文字
也和墓志铭一样适宜阅读

有的人从未离开出生的地方
有的人永远告别了出生的地方
有的人经常回到出生的地方走走看看
有的人专门赶回来死在出生的地方
但是没有人会忘记出生的地方
它是我们生命中一块隐秘的胎记
一条看不见的尾巴
当我们要把脑海中所有混沌的记忆
变成秩序井然的个人历史
我们出生的地方将率先开口讲话

登泰山记

这是每个人都能得到的封禅
天音杳不可闻或许大音希声
此刻谁再追问山峦的年龄
已然失却了无从把握的意义

有关山峦的阅读令人费尽心机
亦无法忘记历史的疲倦
我站在这座久负盛名的地脉隆起
能否不再苦楚于人生的刻度

既然抒情变得形迹可疑
那么这隆重的冬景就显得饱满而自足
眼睛多余一如塌陷的岩石断层
永远拒绝了彤云中的庙宇神仙

或许悲壮就是这样来临的——
只有无人才能剥落符号的油漆
无人才谓大美
可无人的大美不属于你我
不属于尘世

唯天在上
万物屈居其下
登峰造极只是让天显得更加高邈
那些人渺小如过路的季风
足底都不能沾染几许千年的尘埃

我带走了一块泰山的岩石
只能证明我比风更加惧怕虚无的内核

王羽晴

WANG YU QING

她落泪了吗

自然是怎么做到
让每一条叶纹都温暖精致
让枝叶随性向蔚蓝天空涂抹厚重油彩
让每一片叶子的温柔跌落
都是离别前　浮在大地额头的吻

自然是怎么考虑
让琥珀色的瞳眸去浸染
让眼角的细纹去书写
让每一次轻声絮语
都成归来后　盖在信封角落的邮戳

让突然的一阵秋风吹在眉梢
雨水不由得颤动扑簌着
从枝头滑落
掉进诗人的眼里

王羽晴

1996年生，浙江宁波人。2015级外国语学院日语系学生，2016年度担任中山大学紫荆诗社社长一职。

韦祎

WEI YI

废人之诗

一片美丽的原野长不出稻谷
一段随意的旋律编不成曲目
零乱的生平凑不成传记
只有乱石荒草知你一生沉浮

镜　中

我看向镜中的自己
发现他目光如炬

他强大，他毅然
你却为何只有软弱和不安？

我这样想着
他眼中的火熄灭了

韦祎

▶

壮族。中山大学数学学院本科生，2013年入学，曾因病休学两年。曾在金字塔学社担任副社长。

文成

WEN CHENG

防 猫

“请随手把门关好，以防猫进入”
三万颗星星和三万个诗人一齐掉下来
三万场雨纷纷落进口袋
三万座森林皆倒地成魔
三万只猫潜入老房子
三万年季节来了又去
我抱着未来站在多风的路口
好奇你会不会有多情的眼睛

“请随手把门关好，以防我爱上你”

文成

中山大学紫荆诗社
2016级成员。

东云

DONG YUN

东云

本名黄东云，出生于潮州。中山大学历史系毕业。诗歌发表在中国和澳大利亚等国报刊，著有诗集《第二朵莲花》，诗作获第三届中外诗歌散文邀请赛一等奖，入选中国文联出版社《中国当代新诗100家》。

大海

我见过大海的模样
碧蓝的地毯，从我的脚下
一直铺满遥远的天涯
万朵浪花，迎风初开
万朵饱含浓香的白玫瑰

星星的千万只脚
踩踏头顶，她波澜不惊
整个世界流下的泪水
兼容并蓄

漫天飘雪，冻结了山河大地
投入她的胸怀
却温情成水
追随波浪舞蹈不息

暴风雨的乌云和尘埃
无法玷污她壮丽的美色
人类驾驶着船只，在她表面
划来刻去，始终不能留下
一丝一毫的伤口

黄　河

当我在入海口再溯从头
想象以天空的眼
大海不是蓝色安静的墓园
黄河是种在海上的大树

大海是土壤，大地是天空
黄河的根部浩大雄壮
日夜吸吮大海的力量
一万人都无法合抱

树干涌动金黄阳光
麦田是翡翠树叶
湖泊是树上的鸟巢
轮船是跳跃的鸟儿

一直生长五千公里
张裂了平原高原，撑破了崇山峻岭
汹涌澎湃的波涛，溅起茫茫水雾
风恰好经过，醉倒在怀孕的青稞，把树枝摇晃

头颅紧贴巴颜喀拉山雪白丰满的乳房

人间温馨愿望，洗净此生浑浊风尘
来世再做母亲的孩子，在源头开出
融化冰雪深情的沧海颜色的花盏

北鳟鱼

时辰到了，大海生长出银白团圆的满月
思念的潮水，抬起头朝河口瞻仰膜拜
回家的愿望，如堰塞湖一夜间崩溃泛滥
大海啊，一半是眼泪，一半是火焰

爱的火光焚山煮海，北鳟鱼招朋呼伴
三千里归程，明白是在游向死亡和坟墓
恍惚间死去的父母在秋风里回来
小河琉璃般璀璨，水草丰美，涟漪细浪

游鱼像箭儿一样从海洋射入河流
灰蓝银白，丰神俊朗，无畏的迷你型潜艇
自下而上溯河洄游，拍浪击水，漫漫而执着
临渊跳跃，每一次跳跃里都有浓浓的乡愁

漂浮的朽木，砾石险滩，激流飞瀑
苍鹰的钢爪，海鸥白刃的利喙
甚至棕熊开心的笑脸，张开的嘴仍没翕合
这些屠夫按约前来，纵情享受等待了一年的盛筵

凌空腾跃出水面，构成一道彩虹
带着血泪和崩裂的伤口，鱼的身躯变成绛红
湍急流浅，密集红色的脊背奋勇冲锋陷阵
像激情燃烧的火炭，以噗噗的声音与水交欢

吞咽爱意，填充饥肠辘辘的腔腹
瘦骨嶙峋，如贼似鬼，终于喝上一口家乡甘甜的水
成双结对，它们焦急筹办死前的婚礼
彼此眼里，只有最美的新娘，最帅的郎君

一对对情侣，游进洁净沙丘，茂盛芦苇
在砾石坑里生殖后代，精疲力竭死亡
春水满盈，又见小鳟鱼顺河向大海慢慢游
河水仍然从前模样，清澈悠然穿越过山林

银 烛

在你的身后
在我的前方
那时夜色正浓
那时星月无光

银烛风中玉立
端持掌上
扬在头上的信念
把你我之间的黑夜照亮

周围的世界
有多少事物
被黑夜吞没
包括你我
没有火光，自己
发不出微弱的光芒
不是黑暗

也成为黑暗的一部分

黑暗的存在是
亿万人把脑袋的门窗关闭
黑暗其实并不存在
它只是缺乏亮光照耀

那夜秉持银烛
漆黑的小路行走
人们都在梦乡
孤单的银烛
流泪的银烛
洁白端庄
拼死燃烧
渺小烛光，只为证明
黑暗，无法铺天盖地

离天亮还有
几小时的路程要走
那夜的烛光
照耀过你我的道路
照耀过
苍天大地间，风餐露宿的
昆虫、飞鸟、树林和鸢尾花

国殇墓园

——为纪念父亲和他英勇抗战的中国远征军战友而作

穿过十万爱国者名录的石墙
远征的将士就长眠在地里

松树如盖，碧草如茵
无水的大海，漫山遍野墓碑
苔痕斑驳
礁石缀满着贝壳和牡蛎

有多少人正当十八少年
十八根柱子，每一年一根独立排列
眼睛初见了晨光就永久闭合
星辰也消隐在瑰丽的黎明

如今，十八乘四又春天
多少松子落了多少棵松树高耸在山岭
一条条江河日夜流逝如时间
有多少江水埋葬在大海成为大海

今夜，这里有更多的光
因为灵魂
可以与头顶灿烂干净的星空相对照
我在所有的生物中都见到了光
就连一朵玫瑰和山茶花也不例外

旗与风

假如我生而为旗
怎会不为你而招展飘扬
假如我站立在山麓
上面是比海还蓝的天空

就用这曙光的颜色
和你的呼吸息息相关

就用这猎猎的声音与你相亲相吻
从夜到昼，黑暗到光明

一样的心灵：高傲飘逸，自由不羁
没有你的时日，留给我的只有低垂的忧愁
任河流汩汩流淌，任大雨肆意滂沱
我仍然伫立等待没有移动

卷起我吧，不要迟疑
我也拥抱你不顾一切
纵然不知你何时到来
来时不知走哪一条路径

彼此把心相许相与
深深地爱过一次再离别
纵然你行色匆忙，时刻准备离去
过去了就没有踪影寻觅

带着未染人迹的心来哟
带着山野间初开的茉莉的气味
卷起我吧，不要歇息
我也拥抱你不顾一切

空　瓶

平和安静地矗立在台几上
圆饱的瓶身，如油脂
如翡翠，如玉石，亮而发透
散发出古瓷幽淡隽永的光华
那造物的巧手，早已朽烂

造物者的愿望，仍在滋润莹洁里流转

向空中伸长的颈脖
像在等待什么
永世张开的瓶口
像在祈求什么
其实，假如我是空的花瓶
我所期盼的，只求可以
在你最美丽的时辰
把你珍重地插入瓶中

就这么仅有的一回
已让我感觉一生被填充盈满
心底的温情难以倾诉

灯　塔

有一种爱
叫见面勿亲近
勿亲近
也感觉你的好
当海面黑夜笼罩
航船恰好经过

有一种爱
叫最好不相见
不相见
也知道你的情
身是柱石
不动不移

不弯不曲

有一种爱
叫假装没有心
熠熠灯光
禁足明暗边界
谁踩踏波涛而来
谁又离开
比海更深的海

因了你
我愿像海水一样跪拜
殉葬的波浪花开花落
只为触摸你的脚趾
仰望你眼睛里的光

渡　口

有人来到渡口，搭船北上
有人来到渡口，乘船南归
有人来到渡口，听闻了一个陌生人的故事
初见就误了终身

啊，风往哪儿吹，船往哪里走

我来到了渡口，遇见了一群游客
我们一起喝着一壶浊酒，谈笑风生
他们说我应该过河去看那位女孩
她倾城倾国，明眸善睐

啊，风往哪儿吹，船往哪里走

我过河去见到那个女孩
她倚靠在一棵山楂树下
她弹唱着高原的春天
还有似水的江河月夜

最后是曲终人散
结局在序幕时已经定格
有如出云之月
她回眸多看了我一眼

啊，风往哪儿吹，船往哪里走

从此我的心留在了高原
从此我爱上了红红的山楂树
那一年我坐船过了渡口
美好的时光就一去不返

除非白天不再接替黑夜

那一天我求自我
分别一月不想你
一月后我们相见在花园
竟见到每树海棠都开花
那一月我求神明
离别一年冷却你
一年后我们相遇在郊外
好像野火侵掠了山林
那一年我求菩萨

用十年的光阴逃避你
十年后我们邂逅在海边
仿佛石头在海水中覆没
冰雪在春风里融化

现在，眼睛看不见你
你已安居在自然的风景
耳朵听不到你
你已化作四季的天籁
手不再牵手，心已归大海
一生一世太短暂来不及遗忘爱
除非，当风吹来大海不起波涛
波涛与波涛不交换浪花
夜空中星星不闪烁光华
白天不再接替黑夜

梨　树

那棵古老的梨树
独立于庭院东南一角
它是我的父亲小时候栽种
苍老丑陋的树干枝繁叶茂

院里还栽种毛桃酸李和不结果的杨树
知名和不知名的花草
春天东南开满雪白的梨花
蜜蜂嗡嗡飞舞忙碌采花酿蜜
我瞬间忘记梨树沧桑的年龄

当梨树上结满多汁金黄的果实

庭院外头闻到梨子甘甜的味道
邀约邻里亲朋好友前来树下采摘
谈笑喧闹在一片亮汪汪的秋光

我恍惚看见了梨园最美的青春时光
房子、围墙和城市尚未建筑
我的父亲没有死，他正在修剪刚结青果的枝条
旁边站着初孕微笑的年轻妻子

月　光

重梦回千里之外的故乡
月光是公园的茉莉
皎洁的芬芳在生长
对我而言，她永远是纯洁初开
在我之前，在我以后
多少人第一次牵手
沐浴过她最为光亮的波光
脉脉顾盼，真诚而温情

这乳白色的恩泽有多深广，静静流淌
不被黑夜污染，对谁都晶莹剔透

内心的宁静和喜悦
不为别人知道
必须化作深夜里故乡公园的茉莉
在青春的枝头再次与你拥抱一起
一朵朵次第绽放
才能尾随着月光一样思想

冯娜

FENG NA

冯娜

1985年生于云南丽江，白族。毕业并任职于中山大学。中国作家协会会员，广东省文学院签约作家。著有《无数灯火选中的夜》《寻鹤》《一个季节的西藏》等诗文集多部。曾获华文青年诗人奖、奔腾诗人奖等多种奖项。参加二十九届青春诗会。首都师范大学第十二届驻校诗人。

诗歌献给谁人

凌晨起身为路人扫去积雪的人
病榻前别过身去的母亲
登山者，在蝴蝶的振翅中获得非凡的智慧
倚靠着一棵栾树，流浪汉突然记起家乡的琴声
冬天伐木，需要另一人拉紧绳索
精妙绝伦的手艺
将一些树木制成船只，另一些要盛满饭食、井水、骨灰
多余的金币买通一个冷酷的杀手
他却突然有了恋爱般的迟疑……

一个读诗的人，误会着写作者的心意
他们在各自的黑暗中，摸索着世界的开关

橙　子

我舍不得切开你艳丽的心痛
粒粒都藏着向阳时零星的甜蜜
我提着刀来
自然是不再爱你了

出生地

人们总向我提起我的出生地
一个高寒的、山茶花和松林一样多的藏区
它教给我的藏语，我已经忘记
它教给我的高音，至今我还没有唱出
那音色，像坚实的松果一直埋在某处
夏天有麂子
冬天有火塘
当地人狩猎，采蜜，种植耐寒的苦荞
火葬，是我最熟悉的丧礼
我们不过问死神家里的事
也不过问星子落进深坳的事

他们教会我一些技艺
是为了让我终身不去使用它们
我离开他们
是为了不让他们先离开我
他们还说，人应像火焰一样去爱
是为了灰烬不必复燃

魔　术

喜欢的花，就摘下一朵
奇异的梦，就记在下一本书中
有一条橄榄色的河流，我只是听人说起
我亲近你离开你，遵循的不过是美的心意

故事已经足够
我不再打算学习那些从来没有学会过的技艺
唯有一种魔术我不能放弃：
在你理解女人的时候，我是一头母豹
在你困顿的旅途，我是迷人的蜃楼海市
当你被声音俘虏，我是广大的沉默
你是你的时候，我是我

纪念我的伯伯和道清

小湾子山上的茶花啊，
请你原谅一个跛脚的人
他赶不上任何好时辰
他驮完了一生，才走到你的枝丫下面

恐　惧

把手放进袋子里，我的恐惧是毛茸茸的
把手放在冰水中，我的恐惧是鱼骨上的倒刺
把手放在夜里，我的恐惧就是整个黑夜
我摸不到的，我摸到而感觉不到的
我感觉到，而摸不到的

猎　枪

我默记它的顺序：开膛，填进火药铁弹子，上膛
捂着左眼模仿真正的猎人们怎么用一只眼瞄准
一只鸟掉下去，山林抖过之后跌进更深的寂静
铁质的冰冷，冒着生灵附体的腥气
成年后我常常会在人群中嗅到这种气味
我知道扣动扳机的时刻和走火的瞬间
常常庆幸生在一个不允许私人持枪的国度

隔着时差的城市

——致我的父亲

抵达乌鲁木齐的第一夜　一个维吾尔族男人醉倒在地
他摔倒在我经过的街道　像一摊泣不成声的岁月
这样的时辰对于北方　已经算不上心酸
更算不上寂寞　在这与你有着两小时时差的土地
父亲，我是否应该将光阴对折
剪去那些属于南方的迷失
早些年，我差点跟随一个男人去往最冷的海域
而你并不知晓

乌鲁木齐是座建在你年轻面容之上的城市
那时你健硕　喜悦　千杯不醉
它有你虔诚中偶然的冷漠
那时我们互不相识　你在神前替我的前世祈告
我是一座与你隔着近三十年时差的荒城
我有你盛怒之下的灰烬
你何尝想过吧，成为一个女人的父亲是如此艰辛

在重返乌鲁木齐的路上　等吃手抓羊肉的空隙
一个中年男人与我说起他的悔恨
他目光呆滞　我默不作声
父亲，额尔齐斯河的水一直往下流
一个又一个迁徙者的命运
我和你一样，竟没有把多余的爱憎留在岸上

每一年我都离你更远
我已经可以用捕风者的记忆向你描述一座城市：
这个城市是酒醒后的男人
这个城市是已经孕育过的女人
它仿佛看透了你我身体里的时钟
为了让我更接近你的夏日时
在乌鲁木齐的每一夜　天都黑得很迟

与彝族人喝酒

他们说，放出你胸膛的豹子吧
我暗笑：酒水就要射出弓箭……
我们拿汉话划拳，血淌进斗碗里
中途有人从外省打来电话，血淌到雪山底下
大儿子上前斟酒，没人教会他栗木火的曲子
他端壶的姿态像手持一把柯尔特手枪
血已经淌进我身上的第三眼井
我的舌尖全是银针，彝人搬动着江流和他们的刺青
我想问他们借一座山
来听那些鸟唳、兽声、罗汉松的酒话
想必与此刻彝人的嘟囔无异
血淌到了地上，我们开始各自打话

谁也听不懂谁　而整座山都在猛烈摇撼
血封住了我们的喉咙
豹子终于倾巢而出　应声倒地

弗拉明戈

我的步履疲惫——弗拉明戈
我的哀伤没有声音——弗拉明戈
用脚掌击打大地，是一个族裔正在校准自己的心跳
没有力量的美　以美的日常显现
弗拉明戈——
流淌着贫病、流亡的血和暴君偶然的温情
越过马背的音乐，赋予肉体熔岩般的秉性
流浪者在流浪中活着
死亡，在他们渴望安居时来临
谁跳起弗拉明戈
谁就拥有世上所有不祥的欢乐
谁往前一步，谁就在不朽的命运中隐去自己的名姓
弗拉明戈——我的爱憎不分古今
弗拉明戈——我的黑夜曾是谁的黎明

陪母亲去故宫

在这里住过的人不一定去过边远的滇西小镇
住在那里的人接受从这里颁布的律令、课税、无常的喜怒
尽管门敞开着，钥匙在拧别处的锁孔
尽管珍宝摆在玻璃柜中，影子投射在人群触不到的位置

穿红戴绿的人走来走去，讲着全世界的方言
母亲问我，早上最先听见的鸟鸣是喜鹊还是乌鸦
我想了一会儿，又一会儿
不知这里的鸟是否飞出过紫禁城
不知鸟儿可会转述我们那儿的风声

陌生海岸小驻

一个陌生小站
树影在热带的喘息中摇摆
我看见的事物，从早晨回到了上空

谷粒一样的岩石散落在白色海岸
——整夜整夜的工作，让船只镀上锈迹
在这里，旅人的手是多余的
海鸟的翅膀是多余的
风捉住所有光明
将它们升上教堂的尖顶

露水没有片刻的犹疑
月亮的信仰也不是白昼
——它们隐没着自身
和黝黑的土地一起，吐出了整个海洋

卢城江

LU CHENG JIANG

卢城江

1994年生于广东湛江，2013年入读中山大学生命科学学院，同年加入中山大学紫荆诗社。2014—2015年担任中山大学紫荆诗社副社长。

糖胶树

来自热带的卫士
威严站立在迎宾道旁
腰杆笔直
毛发旺盛
用翠绿的一层迎接夏天
用枯黄的一层告别冬天
不曾为风暴折腰
木然地
似乎在等待某一天
一场酣畅的甘霖
结束了死一般的沉寂气氛
铺开了狂欢的宴席
鲜花与烈酒
沉醉到天明
地上满是散落的高脚杯

丘克军

QIU KE JUN

贝　壳

丘克军

1958年12月出生，中山大学中文系本科毕业，中山大学工商管理硕士。曾任广东经济出版社总编辑，南方报业传媒集团副总编辑，南方日报社副总编辑，南方日报出版社社长兼总编辑，《21世纪经济报道》总编辑；现任广东省文联党组副书记、专职副主席，广东省新闻学会副会长。

从深海把你捞起
是要把你的心掏去
心不在了
便被弃在沙砾里

我弯腰将你拣起
轻轻把沾着的沙米弹去
用素白的手绢
裹住你发光的身躯

从遥远的海边
来到我的抽屉
没有沙的酷热
没有海的气息

每当我看到你
就想起那被劫的心
禁不住流下无声的泪滴

刘付永坚

LIU FU YONG JIAN

刘付永坚

1968年生于广东化州。毕业于中山大学中文系。广东省作家协会、中国诗歌学会会员。著有诗、散文、评论、报告文学和人物传记多部。在《人民日报》《诗选刊》《南方日报》等发表过作品。获中国诗歌学会以及《人民文学》《中国作家》等举办的全国报告文学（诗歌）大赛金奖和二、三等奖。

飞翔的夜

今夜所有的飞翔
将整个夜空唤醒
此刻，我是闪光的星辰
也是透明的音乐
我是弥漫的夜色
也是振翅高飞中流动的气息

在未知的天命与天堂之间
那些黎明的废墟
那些将被救赎的命运
在这一刻纷纷沦陷
只有飞翔的夜在高高的飞翔之上

此刻，日渐扩张的夜色吞没了一切
我如期抵达大地的心脏

我想以飞翔的仪式
将天空和大地据为己有
我想将夜莺、云雾、星座
以及沉默的预言
统统献给今晚漫无边际的飞翔

刘
琪

LIU QI

紫荆花

深夜　你飘零在我的梦境
蓝紫色的花瓣旋舞于风中
翩跹　是你幽幽的倩影
揉碎　是我零落的爱情

若是来世　我能活成你
把凄美演绎尽　凋零的五瓣落英
一季花开　一季谢幕
路人长叹驻足　我安寝于泥土
淡香入骨　恍如最初

若得来世　我渴望活成一朵紫荆
我的枝叶四季常青于岁月
而我的故事
一半盛放在枝头　一半埋葬于泥泞
一半是情怀　一半是信仰
一半喧闹　一半沉静。

刘琪

中山大学2016级紫荆诗社成员。

刘雨欣

LIU YU XIN

雨　夜

雨中人的面孔
淹没在暗黄的灯后
我踏破一汪积水
寻那旧时的梦
蓝色的伞
黑色的伞
悬浮在暗夜的空中
遗失的记忆飞翔在我脑海中
雨中人的面孔
雨中人的面孔
往事如同大雨倾泻
从那黑夜的天空

刘雨欣

中山大学管理学院工商管理类2016级本科学生。热爱文学，为岭南人杂志社编辑部干事，多篇作品曾发表于国家级刊物。

刘中国

LIU ZHONG GUO

刘中国

1961年生于河南信阳，1979—1983年就读于中山大学中文系。在《南方日报》《飞天》《青年诗坛》发表过诗歌作品。现任深圳市特区文化研究中心副主任。研究成果曾获深圳市第三届社科奖、深圳市第三届青年文学奖等。出版著作有《钱锺书：20世纪的人文悲歌》《容闳传》（与黄晓东合著）等。

萤　灯

孩子，你赤裸着一双小脚丫
在清凉的夏夜里跑来跑去
捕捉点点暗绿色的流萤
把这些发光的小虫子
装进洗得干干净净的墨水瓶
于是，那条被夜色掩盖的路
出现了一盏暗绿的灯
夜依旧是这般漫长
孩子，不再是那般寂静
因为你的笑声
惊醒了天上的星星

把萤灯送给我，好吗
你这个翘嘴唇姑娘
送给我这古怪的夜行人

当一个人走路的时候
他多么渴望
路上出现一盏暗绿的萤灯

码　头

岸，轻轻摇晃
岸上的开花的木棉树
徐徐退后
汽笛，沉闷而又喑哑
像一段粗糙的橡木，捶打送丧的鼓

大雾迷天，模糊了
送别的面孔，挥别的手
当一切都消逝的时候
航程才显得凄楚
就是紧紧拥抱在一起
心依然感到那么孤独

船漂泊着，漂泊着
从码头，到码头
永远在寻找自己的港口

阮甜怡

RUAN TIAN YI

许愿灯

影子比你更暖，许愿灯
流水捧着你
你捧着一瓣的修辞两瓣的誓言三瓣的涕泪
颤颤巍巍却又纹丝不动
像是一块单纯的锡

你有夜黑的瞳，在黑的夜里澄澈如初

可是就连烛泪也不是你的
黑夜倾覆，你要流走一座城吗？
还是打算在琴弦的更黑处滑落

南方青色的砖块
和苔痕一样无声无息的月色
潮湿的韵脚在手心流淌

阮甜怡

中山大学2010级紫荆诗社成员。

你就不怕它们在你清醒之前蒸发

不，我猜你不眠，你只有一颗瞳
在跌落时它还漆黑地燃烧
我说彼处有一个晨曦
依稀的，华美无上的日出
后来我忘了你是不是还活着

向卫国

XIANG WEI GUO

俄罗斯忧郁的手风琴

——四月朗读叶赛宁

叶赛宁　叶赛宁
俄罗斯忧郁的手风琴

秋日无风。枯涩的草原是你的胸膛
纯净的白桦是你的身躯
你的眼泪如矢车菊
注视着俄罗斯的天空和大地

叶赛宁
俄罗斯忧郁的手风琴

村庄四周是优雅的羊群
炊烟伴着琴音，苍凉如颤动的水纹
你用姑娘的头巾包起诗句

向卫国

1966年生，笔名北窗，湖北长阳人，土家族。2006年中山大学中文系在职硕士研究生毕业。现居广东茂名。

在一个冬天，向着莫斯科独自走去

你曾狂饮雪下的草根
在莫斯科酒馆丑态毕露
你搜寻平凡时光的奇迹，向着风雪和四季
你编写爱情，洒满
俄罗斯的空气

哦，叶赛宁
俄罗斯忧郁的手风琴

包　头

（包头：蒙古语，有鹿的地方）

天黑了，我们才到达包头的上空
灯火满地，像这个国家的任何一座城市
没有看到鹿，没有看到草原

我们原本是为了寻找一条新路
和它的源头。我们将在这条路上穿越
三千公里，再回到海边

但我仍然想念梦中的那些鹿
包头的这一夜，我又梦到了它们

这一个梦，也将穿越三千公里
让我在南海的波涛上看见白鹿满坡
草原茂密，有如此刻碧蓝的夜空

鄂尔多斯

（鄂尔多斯：蒙古语，有众多宫殿的地方）

这里是蒙古的王——
成吉思汗，最早征服的地方

他还幻想征服这些丰茂的水草
上苍却打落了他的鞭子

他没有听懂挽留的语言，最后
让自己的灵车在这里泥足深陷

真正的宫殿乃是天上的白云
大地之上的人谁都不配享用

后来建立的那些金殿也都毁了
人们用生铁铸就马群、长戈和勇士

无非也是一种无奈的祭品，我看见
无边的沙漠就在不远的地方

许嘉

XU JIA

许嘉

笔名采桑子，1964年生人，中山大学中文系1981级学生，曾是中大紫荆诗社最早的成员之一。大学毕业后就职于花城出版社，担任《随笔》责编，后进入深圳电视台（深圳广播电影电视集团前身）担任新闻责编。

向 往

是早春的细雨
这般温柔地飘向我的心田
她絮絮地叮咛
叮咛的可是
我的向往和渴念

水珠的晶莹里
我愿是一片泛青草原
带着清纯的希冀
向大地充满渴意地伸延

在多雨的天气
如果你感到乌云的灰意
我愿是一方初霁的蓝天
挂在你寂寥的窗前

早春时节
我愿是枝梢间第一叶新芽
第一个向春风诉说初生的喜悦
我愿是一条初融的冰河
不平静地汇向宽阔的海洋

早春的雨轻轻飘洒
什么也没说什么也不对我讲
带着渴念和向往
催生希望的胚芽
穿越阴霾　飘向远方

夜　歌

夏夜音籁像一面竖琴
每一声微吟是它的奏鸣
我的思念飘飞着
悄悄攀上银月船舷
隐隐在云海里泛舟

今夜梦乡
可有顺风小船
像夏夜琴声渺茫飘来
在你浅笑唇边
留一缕淡淡回味

晨曦里
我就是那颗迟归的星辰
遥遥送去今晨

无法投邮的第一声问候

翡冷翠落红

有一瓣落红
曾在翡冷翠的雨季
婉转翻飞缓缓飘落
又在某一个月华如水的午夜
悄然梦回

圣母百花教堂
阳光下闪耀天堂之光
吸引无数朝圣心灵
沿着磨滑的石板路
走过但丁偏居老屋
轻轻叩响紧闭的门扉

那条被人们淡忘的老桥
大卫一直在忠实守护
有谁还在聆听
阿诺河水日夜不息
传唱那组动人情歌

有没有一棵树
历经寒暑越发蓊郁
有没有一枝花
任凭风吹雨打
永不枯萎傲红不败

翡冷翠风中

有一瓣落红飘舞
化作花魂
在某个月朗风清的夜晚
凄美划过

一米阳光

在丽江古镇
流传着一个美丽传说
每年秋分时节
玉龙雪山射下一米阳光
被这阳光照耀
就会拥有幸福爱情

这一季金秋相约丽江
四方街上熙来攘往
游走顾盼做着白日梦
是谁被一米阳光留下
门前挂出今生有约
走不完的老客栈
就有讲不完的故事

百岁老桥边
古城秋阳午后
在水一方阁楼
微醺于一米阳光
窗外雪山玉龙
定格成背景永恒

披肩上阳光分外柔软

心情是一首深藏老歌
石桥下流水缓缓
漫延幸福滋味
别后　打上一米阳光印记
在每一个风起的日子
温暖记忆

彩林之歌

在川西的山谷
第一次惊艳于彩林的绚丽
原来山野间自然生长的林木
生命也可以如此多姿多彩

他们不是园林里的树木
无须人工施肥修剪
带着与生俱来的桀骜不驯
只接受阳光风雨的洗礼
甚至霜寒

生命是一场修行
四季轮回　昼夜交替
春华秋实　甘苦自知
不经历酷暑风霜
又怎能展现彩林蜕变

人们总说秋天萧瑟凄凉
如果你遇见彩林
便知道生命
在晚秋也可以热烈似火

缤纷如霞

彩林不会感到孤寂
当风吹过山谷
我听见
彩林合奏的生命交响曲
此起彼伏
山峦也欣然回响

即使严冬降临
落叶飘零
彩林也会坚守一身傲骨
在雪被里安然冬眠
静待来年春天
将他温柔唤醒

许巧如

XU QIAO RU

明月踏水而来

明月踏水而来
在千江湖畔
寻觅旧时的目光
还有遗落水中
漂泊千年的泪花
明月开在柳梢头
就这么雪亮的一朵
焕发春光无限
在一双双
半羞半喜的眼睛里
荡漾
明月沉浸在一杯茶里
化作冰心一片
不管他乡还是远方
都是融融的思念

许巧如

1979年出生于汕头，中学语文教师。汕头作家协会会员，汕头现代诗歌协会会员，汕头青年文学协会会员。有诗歌、散文、小说和报告文学发表在《汕头日报》《汕头晚报》《潮声》《潮人》《广东教育》等报纸杂志。

还有圆圆的温情

明月归来

明月归来
是否携来慈母的目光
照在我的身上
却是那么冷
母亲走后
明月在我眼底
是一个苍白的洞
只有无尽的空与白
望月
我更希望
它是穿越时空的隧道
通过它
可以找到母亲
找到我们失去的时光
可是
谁能借我一把天梯
让我上去呼唤母亲
归来吧！
归来吧！

许夏帆

XU XIA FAN

许夏帆

生于1999年1月22日，2017年从汕头市金山中学毕业，入读中山大学生物系。12岁开始尝试写诗，兼创作散文和小说。有诗歌作品发表于《九月诗刊》《韩江》《湘子桥》等刊物，2016年由现代出版社出版个人诗集《无有乡》。2016年获“粤东诗歌光年”新锐诗人奖提名。

百香果

为了看见你　我必须
剖开你　用凛凛的刀子　猛地
扎进那囚徒般暗韧的果皮
一阵奇香喃喃溢出　像一纸
正义的判决书　我的鼻窦已然
沉醉　手中的刀却清醒异常——
哦法官　我知道
你多么渴求让杀戮合法！
而果皮继续豁裂　饥饿的汁水
四处奔逃　有的攀在我的
手指　有些溅在摊开的书　撞上
一个字　还有的静静坠落
祈求变成飞鸟……
但我看见
它们全都有金黄的灵魂

玻璃杯剧烈着战抖：威严之下
果皮坚韧地　松了口　一声浩叹
那罪恶的伤口完全暴露
一株耀眼至极的美丽子宫

西　藏

布达拉宫躺在
青藏高原的脊背上
几千个窗子，几千级阶梯
有位巨人在眺望
他叫珠穆朗玛
目光在云中追寻
追寻那从涂满神话的羊皮纸中飞出的白鸟
追寻那几句费解的经文
追寻那徒步千里的牦牛
黑皮毛系着哈达
在大地的一头降生
来到大地的另一头
受着雪莲的呼唤
——它是我。一头愚牛渴望西藏！
西藏　西藏
释迦的手指画下这片
白色的土地　稀薄的氧
却有茫茫的纯净在转着经筒
我渴望这难受的呼吸
在满世的污浊里这是唯一的真
西藏　西藏
海子的足迹和诗篇
你是他的兄弟　他的神明

他的信仰
而我　二十多年后一个不自量力的小辈
将会背着青春　背着孤独　背着嘲笑
颤抖的牛蹄踏下
——西藏
西藏
等我剥下虚荣的皮囊
等我告别荆棘与野花
敲响古钟
一个徒步者会在黄昏时刻拖曳着背影来到

朱子庆

ZHU ZI QING

土地的概念

城市的吸附力是无敌的
它像一块磁铁　给出
所有乡村道路的方向
土地的概念　在这里
是两种对立的颜色
绿地和白色水泥地
后者可以践踏和行车
前者被保护着
但无关庄稼的生长
（城市的庄家蛰伏在股市里
从不祈求风调雨顺
不分四季地制造和收割着
各种各样的浪
下跌浪是咬人的
收割须趁反弹）

朱子庆

诗人，诗歌评论家。生于北京。毕业于中山大学中文系。著有《中国新生代诗歌赏析》《瘦狗岭诗歌笔记》，主编《马莉中国诗人肖像画》《珠江诗库》《海心诗丛》等。

至于那个“土”字　则写在
朝圣者或曰淘金者的脸上
说他们土气还有一个原因
喜欢拾取过时的时尚
当然　这一切
都是短暂的　很快
人都像做了换肤术
何况衣饰
城市有一颗魔术般的太阳
他们本能地
对洒水车感到亲切
城市的降雨　也会唤起
沉潜的乡愁和冥想
扯痛了心的　是一种枯死
阳台花草的枯死
这使他们　于悬空中
记忆起土地
颓坐在椅子里
黯然神伤

机器的天条

有一部西方名著《人是机器》
出于好奇　我买了并收藏
谁让我宿命地生而为人呢
总不能对我是谁失去想象

我买了西方名著《人是机器》
买的时候　我正起劲地折腾
我不知那时我正在变成机器

感觉像一个上足发条的闹钟

我收好西方名著《人是机器》
说别急有一天你会用得着
说话时我不知我已变成机器
信口说出的正是机器的天条

陈健昊

CHEN JIAN HAO

月

你是否曾想过
我望着月圆的模样，独自一人
沉浸在与月光的初恋
散发出木棉的香味
那是你最爱的木棉
我为每一朵画上了玫瑰的红艳
让她们在月光下闪烁不绝

你是否曾见过
我望着月牙的模样，如醉如痴
回忆起跳动的情愫
勾勒出一段段过往
有诗有歌有离别
还有我对着白纸轻倾的浪漫字语
顺着月光为你诉说情言

陈健昊

中山大学2016级紫荆诗社成员。

不管山长水远
幸得一月
——盘桓于你我城市之间

陈杰生

CHEN JIE SHENG

你的句子

有一天你写一个押韵的句子　并引以为幸
有一天鹅毛雨洇湿了你的鹅毛笔　局促一室像居住动物园
有一天你说灵感出事故了　你的手握紧我的手说　它迟到了
有一天你路过邮局　受差遣的信差将你所存无多的句子
投付给午后的航班　给有点翠有点害羞的天空　给它晴脆
有一天你跟修辞吵架　你说你一手是日月　一手是星辰
你摊开手掌对我说　那也许是别有洞天的另一个世界
有一天隔壁的母亲送来恩惠　你跑去几里外的坡头看夕阳后
给她送来了野花的种子　好像是莲

陈杰生

中山大学2010级紫荆诗社成员。

有一天雨说趁着夏夜要展示她的滂沱　顺便蓄满夏池给
划荷叶为圈的青蛙　你写到最后一章　还亮着白灯
有一天秋天说要来看看你　开学的小朋友说要来看看你
于是他们共同造访了　小朋友教你学习他们的抒情——
秋天到了　叶子黄了　燕子在天空上飞　排成一个人字
有一天你发现你顶着白发看红雨　你说有点古意　你把你的句子藏起
有一天黄昏　你拄杖经过　那些诗里的东西
你也会笑　理由是你居然在一个晴天变老
不服输的你终于向岁月的篆刀说了句　生命美好

幸福往往就是这样

事情往往就是这样　抽屉里有她用旧的咖啡罐　调匙问要往事的几许分量
她的掌纹曾经为记忆所驱驰　她温暖的方式有点老气　她那时也孤独
事情往往就是这样　好事总要成双　决眦完秋水总要另外湛蓝
她在哪个窗外　她促促的步子告诉她怎样继续进入春天　她这次有了更深的预备
这种姿态不可取　她也熟练　她师从哪株奇花异卉　她预谋哪只手指率先取媚
她终于来叩门了　事情往往就是这样　据她的想象那里以便长居
幸福这种东西是假或须臾　她总要搬家　他是另一位

五月份先生

很高兴停茶的间隙她带来了春天　她的旅行袋里已经是春深的寂寞
事情往往就是这样　那也是个五月份的下午　他的客人也刚走光
桃花已经在户外开走了芳华　鸦雀这时候正是沉默大师
风赶来观照壁画上贵夫人的微笑　她的乳沟紧得像画家深锁的眉头
事情往往就是这样　午后的这宗抒情永不弥散　她也该用另一个咖啡罐
用最近的一单新闻　我想象　那时她能做到情怯却健谈　五月份先生也有浓厚的忧愁
事情往往就是这样　那时候调匙该问要往事的几许分量
她温暖的方式有点老气　我能想象　好事总该成双
幸福往往就是这样

陈美华

CHEN MEI HUA

神秘的大佛

你坐在历史的长河边
让蔑视在你永驻着寒冬的双目中
凝固

世事如汹涌合流的三江　喧哗着
充塞你过去、现在和未来的耳朵
风过后，是灰色的雨
却浇不灭缭绕的香火
你紧闭的嘴角，慢慢地
爬上了斑驳的冷漠

是由于千古流传的恐惧与悲哀吗
人啊，为什么膜拜在
自己凿造的偶像脚下……

陈美华

出生于广州，1979—1983年就读于中山大学中文系。诗歌、散文作品散见于《人民日报》《诗刊》《星星》《青春》《北京文学》《花城》《羊城晚报》等。出版有诗集《邂逅天使》及传记作品。

可记得
断裂的樯桅曾和风一起
送来了浪涛般凄厉不绝的呼喊
溺水者痉挛的手臂
划一个不规则的半圆
夕阳在浪谷间沉没了
而厚厚的青苔
正自豪地生长，覆盖了
你安详的肩膀

这是无数悲剧
和悲剧遗留下的无数泪水
汇成的一条冗长的大河
你，是河心端倪微露的浅滩
夕照下给人生以希望
却制造了更多的悲剧——
多少灵魂的小船
黑暗中被撞碎，沉没

不再表示着至高无上的尊严
和神秘的静默
今天，你坐在这里
连同属于你的
每一缕阳光的赞美
每一阵风的惊叹
都将成为一个深刻的命题
一个永恒的思索

阿诗玛

也许　是地底运行千年的岩浆
在一个远古的夜晚喷发
冰冷的月光
却把你凝成了永久的形象

也许　是由于一次猛烈的风暴
孕育了不幸的种子
当你从不安的海面上缓缓升起
与你一起诞生的
是岩石般沉默的痛苦
和岩石般坚定的向往

多少年了，你站在这里
翘首眺望
鸟儿像天边的浮云
一群又一群
栖息在你的肩膀
抖搂了羽毛般洁白的安慰
与你一起侧耳倾听
倾听来自你心中的深情呼唤

千百年的遥望凝聚了千百年的忧伤
当黑夜笼罩下来
你没有躲避也没有惊慌
在夜的摇篮里休憩一下吧
让沉甸甸的乌云把郁积的泪水
倾泻在你的脸上
汇成两道清冷的小溪
默默地流淌　流淌

而当群山忠实地传达你的回声
摇落了凤尾竹上的泪珠
引来朝阳惊异的注目
你的身上
是彩虹般闪烁的希望

马路上的蜻蜓

你从诗经的年代飞过来
躺在二十一世纪都市的马路牙子上
沉睡。累了吧
人来车往　喧闹非凡
你却在梦中回想某朝某代的
某个夏天
热风如何鼓荡你薄纱一样透明的意志

飞过秦楼楚馆　越过唐宫宋阙
舀一瓢元时的明月酌一口明代的风霜
你的翅膀
便染上岁月淡淡的
忧伤

寤寐思服，你为谁辗转反侧
曾经有过的爱恋就是一生啊
你在黎明前悄悄出走
融入时间的薄雾中

迷失。每一个清晨醒来
青绿的阔叶上都盛满你昨夜的泪水

你说　不要告诉我一切终成过去
紧握的手中沙子在沙沙地流淌
究竟什么才是永恒
就像你永远不明白为什么
为什么你来到此时此地　停在
今生今世

在水之湄，你度过漫长的一生。或许
你是幸运的
你抓住了永恒的爱恋　即使你已忘记
那一切爱恨情仇　即使
你已化身为
一只翩翩飞舞的蜻蜓

一个人的城市

阳光在正午的道路上延伸
浸润每一寸寂寥的心情
思念不由分说
攀缘路边的藤蔓　讲述
牵牛花紫色的语言

在四月媚眼如丝的雨季
我曾如此娇艳欲滴
于某个未被命名的傍晚
徐徐绽放
那一瞬
空气为之凝结
于是
牵挂从此纠缠每一个日子

时间的影子越拉越长
午夜梦回
总有火车轰鸣远去
沿着梦的轨迹
洒下串串爱的呓语

城市至今仍孑然一身
剑戟林立的高楼
不经意地划破流逝的云层
我把脸埋在你的胸前
聆听忧伤的歌曲
在白杨的树梢响起

有一种情愫
总是让人泪落如雨
有一种渴望
注定要缠绕一生

母亲，我愿成为你的眼睛

母亲，我愿成为你的眼睛
当苍老的云雾遮蔽曾经明媚的窗口
远山不是山
近水不是水

天空
还像海水一样蔚蓝
写满你爱情的蔚蓝
海堤很长
也很短

你从西走到东
从黑夜走到黎明

牵着你曾纤美的手逛花街
一如回到牵你衣角的小时候
听你讲述过去的事情
季节的红晕
将倾情的眼眸
刹那点亮

母亲，我愿成为你的眼睛
当阴霾意欲闯入晴朗的夜空
你的心
将不再蒙尘
远山
是温暖的山
近水
是柔软的水

废　园

雕花吟唱的铁门锈蚀金黄的阳光
犹如镂空的记忆玲珑浮凸
透出满眼翠绿的繁华

一只小猫伸展四肢
在青石条凳上休憩
很慵懒地
它梦到了什么
是这座废园的前世今生么

鸟鸣婉转
温柔缱绻的故事

想那夜的月光也曾浸凉小院的雅致
榕树下秋千荡漾
搅动恼人的熏风
如同今夜的池水令人迷醉
欢笑的人儿粉妆玉琢
裙摆风一般刮上台阶　于是
眼前便有森林在乐声中起舞
烛火明亮　燃起寂静的喧哗

撩开重重的窗帷
总有忧郁的目光向小院倾诉心事
承受着爱恨缠绵的记忆
婆娑的芭蕉叹息着低垂碧绿的头颅
岁月更迭
回廊下的海棠
却因泪水的滋养越发娇艳
永不凋谢

一句“让我们缘定终身吧”
满院的树叶立即鼓掌唱和
至今亦未能平息
记得那是一个月华遍地
春风沉醉的晚上……

陈小奇

CHEN XIAO QI

陈小奇

1954年生于广东普宁。1982年毕业于中山大学中文系。著名词曲作家、音乐制作人及电视剧制片人、国家一级作家。现任中国音乐家协会流行音乐学会常务副主席、中国音乐文学学会副主席、广东省流行音乐协会主席、广东省作家协会副主席。

涛声依旧

带走一盏渔火让它温暖我的双眼
留下一段真情让它停泊在枫桥边
无助的我已经疏远了那份情感
许多年以后才发觉又回到你面前

流连的钟声还在敲打我的无眠
尘封的日子始终不会是一片云烟
久违的你一定保存着那张笑脸
许多年以后能不能接受彼此的改变

月落乌啼总是千年的风霜
涛声依旧不见当初的夜晚
今天的你我怎样重复昨天的故事
这一张旧船票能否登上你的客船

大哥你好吗

每一天都走着别人为你安排的路
你终于因为一次迷路离开了家
从此以后你有了一个属于自己的梦
你愿意付出毕生的代价

每一天都做着别人为你计划的事
你终于为一件傻事离开了家
从此以后你有了一双属于自己的手
你愿意忍受心中所有的伤疤

大哥　大哥　大哥你好吗
多年以后是不是有了一个你不想离开的家
大哥　大哥　大哥你好吗
多年以后我还想看一看你当初离家出走的步伐

九九女儿红

摇起了乌篷船
顺水又顺风
你十八岁的脸上
像映日荷花别样红
穿过了青石巷
点起了红灯笼
你十八年的等待
是纯真的笑容

斟满了女儿红
情总是那样浓

十八里的长亭
再不必长相送
掀起你的红盖头
看满堂烛影摇红
十八年的相思
尽在不言中

九九女儿红
埋藏了十八个冬
九九女儿红
酿一个十八年的梦
九九女儿红
洒向那南北西东
九九女儿红
永远醉在我心中

高原红

许多的欢乐　留在你的帐篷
初恋的琴声　撩动几次雪崩
少年的我　为何不懂心痛
蓦然回首　已是光阴如风

离乡的行囊　总是越来越重
滚滚的红尘　难掩你的笑容
青藏的阳光　日夜与我相拥
茫茫的雪域　何处寻觅你的影踪

高原红　美丽的高原红
煮了又煮的酥油茶

还是当年那样浓
高原红　梦里的高原红
酿了又酿的青稞酒
让我醉在不眠中

我不想说

我不想说　我很亲切
我不想说　我很纯洁
可是我不能拒绝心中的感觉
看看可爱的天摸摸真实的脸
你的心情我能理解

许多的爱　我能拒绝
许多的梦　可以省略
可是我不能忘记你的笑脸
想想长长的路擦擦脚下的鞋
不管明天什么季节

一样的天一样的脸
一样的我就在你的面前
一样的路一样的鞋
我不能没有你的世界

朝云暮雨

还是昨天的水
还是当年的天
朝云暮雨美丽着你的容颜

还是照你的月
还是寻你的我
缥缥缈缈不知今夕是何年
点亮船头的灯
收起风里的帆
今夜就让我枕着潮声入眠
思念它不会老
风景它总会变
似水柔情如何接受这沧海桑田
你是巫峡牵不住的云烟
把我守候成十二座痴心的山
你是长江钓不完的碧雪
只让我在蓑衣里编织着从前

烟花三月

牵住你的手　相别在黄鹤楼
波涛万里长江水　送你下扬州
真情伴你走　春色为你留
二十四桥明月夜　牵挂在扬州
扬州城有没有我这样的好朋友
扬州城有没有人为你分担忧和愁
扬州城有没有我这样的知心人
扬州城有没有人和你风雨同舟

烟花三月　是折不断的柳
梦里江南是喝不完的酒
等到那孤帆远影碧空尽
才知道思念总比那西湖瘦

眼　睛

我正视一切
我的眼睛是广阔的天空
是上升的黎明

我正视一切
包括阻挡眼光的手掌
以及覆盖阴影的云

我正视一切
也正视自己的眼睛
我正视一切
也正视自己的眼睛

小　鸟

朝窗口挥挥手
没把小鸟的梦赶走
仿佛那阳光、那空气
那翠绿的清晨和安详的树
本应归它所有

我还记得那声闷闷的枪响
曾使它的母亲
告别了宇宙

陈胤璋

CHEN YIN ZHANG

太阳叠起了蓝手帕

太阳叠起了蓝手帕
露出了满天的繁星
我坐在一棵大树下
聆听着四周的虫鸣

我捧着满手的星光
吹向远处那条小溪
小溪隐约浮现微笑
和几颗洁白的牙齿

今晚可否安眠于此
在这柔柔的草地上
盖着那落叶与星空
牵着大树粗壮的手

陈胤璋

中山大学2012级紫荆诗社成员。

当第一批露珠洒下
当星星们回家团圆
我会用今夜的气息
满满地来迎接黎明

何鸣

HE MING

冬末在挹翠湖

茨坪镇没有想象中的冷
水杉熟了
在另外一些时光里
它们变成重阳木

我对山区无所了解
以为不明确的雨随时会来

围着挹翠湖绕了一圈
冬天轻手轻脚
这件事的残忍在于
红嘴的灰喜鹊在枝上呢喃
我透过窗户望着它们
比笋尖还要细碎的良善

何鸣

生于安徽省马鞍山市。中山大学文学学士。1987年开始文学创作，作品散见于《诗歌报》《星星》《人民文学》《中国作家》等。著有诗集《过河看望一座城市》《诗浅花浓》，散文集《目送芳尘去》。现供职于深圳特区报社，综艺副刊部主任编辑。

库克山

山景在阴郁背后
被订制成痛苦的零件
云被塔斯曼湖卡住了
颜色偏白

想走遍世界去寻找
那种欢喜
总是埋藏着
我们将分别老去的购物单

树长得太胖了
欲望也过不了关
那只苹果还未洗
已经被咬了一半

我不再关心库克的傍晚
我满脑子想的都是阿尔卑斯山

苹果树

我总说自己第一次看见苹果树是在莫奈花园
其实之前我早已见过她
我对自己认识的植物心怀愧疚
指望她们能够生活在别处

松子也是一样
她们一粒粒融进香味中
其实并非身处险境

植物园有四季
我偏爱芍药独舞
那一棵苹果树
责备落叶下跌的时候

李璨

LI CAN

温暖

在空调车上
故意选择了向阳的一边
阳光透过玻璃窗的余温
已经足以使我温暖
我要的只是这么一点小小的温暖
不过是一双能抱住我的手臂
然后以一朵花倒向春天的姿势
倒向你

李璨

中山大学2007级紫荆诗社成员。

湖山

人啊
你一直在低头走着
草衰，叶落

一切的一切与你的黑暗如此契合
只是在某一刻
你无端地抬头看
午后的阳光正在湖面上照耀
无语的青山却在意味深长的俯瞰
你如醍醐倒灌
这是否是上天的一种召唤
一种悲怜，一种期盼？
自然之子终会在伤痕累累后
回归自然
我们无需逃避人间。

李海默

LI HAI MO

旋转木马

木马　旋转　似乎很有些宿命之意味
否则　也不会被　流行歌曲唱烂了
作为纯粹年代的意象表征　刻于私人史上
而木马于我　恰如游乐场于我一样
没什么感觉　而只得出　遥遥远矣的灰黄
但　它仍在固执地旋转着　不管我怎么面对它
它环绕过了一代又一代的喜乐和欢愉
在人群散尽的午夜时分　独自将恒久的寂寞
幽幽品尝
转不出中心的吸引　或许真足够悲怆
然而比起找不到中心在哪里的我们
呵呵　别说　还挺有那么些反讽牵引出的　忧伤
木马　坏了　会有管理员来维修
修好了　会再次旋转
然而　它终究成就了某种深层次的记忆

李海默

中山大学2005级紫荆诗社成员。

正如　当初我们在它背上　得意忘形时　一模一样
离开　游乐场　寻找
自己划出的方向
星光熠熠的夜空
可有人　明白木马的理想
明白旋转带给这个世界的　幸福与荒凉

李贺

LI HE

白桦的眼

哀愁的
诙谐的
愤怒的
这满满一树干的眼睛！
总在　北方寂寂的林里
闪烁
最初是谁
将你雕在这白皙的树干上
每日每夜　诉说忧伤
月华初上
会有一只小手轻抚你眼帘
那树　却终不瞑目
夜夜地守望
那千万只美目的守望
到底企盼着哪一个

李贺

20世纪70年代生于北方，90年代毕业于中山大学，现供职于南方报业集团，著有散文集《从故乡到远方》。

邂　逅

第一次邂逅在海边
第二次直到最后
都在，梦里
梦里，有不息的潮涌
贝壳的闪烁
和海螺的悠鸣
及你温柔无比的眼睛

也曾相视于彩霞满天
也曾并肩于烟雨蒙蒙
只是谁也没有说出
那早已刻骨铭心的一个字来

年轻的傲气的我们
是多么多么地相爱
我们不肯吐露
好像这才是默契的表白

回　忆

回忆中永存的
是那一夜
那夜的月是有双目的
我曾与月相视一笑

那夜的波涛
一一地涌来
淹没了我干涸的内心

那夜的风
冻结所有的热情
然后处处宣扬你我的相拥

回忆中永存的就是那一夜
那夜的每个细节
每声呼吸
都能在黑夜或白昼里
让我沉溺

那夜的炎热
被风儿徐徐吹散
可是你在我耳畔的低语啊
却终在
终在
火辣辣地
徘徊

誓　言

当初你说过
不是这天上的云让你驻足
不是
不是这摇曳的星辰
让你情不自禁

当初你说过
是这棵树
仿佛千百年前就孤寂坚定地矗立在此

等你相遇

当初你说过
是这棵树
就是这棵树
除非我一生不爱
除非我一生不娶
只要爱，就爱这孤独痴情的树
只要娶，就娶这温柔坚定的少女

我想象你在陪我

在金色的黄昏里
恋人们挽手同行
满眼的布拉格红房顶
蜿蜒的伏尔塔瓦河
每个人的脸都被夕阳映照
似乎写满幸福美满

我也想象你在我身畔
我们相偎看风景
布拉格—维也纳—海德堡
处处都是爱情圣地
可是你在哪里
形单影只的人生让人绝望

你在哪里？
你是谁？
青春似已远去
爱情却未到来

我的爱人
也许只存在于想象之中
回巢的鸽子落脚在带翅膀的天使头顶
漫步的游人坐在咖啡馆外慨叹人生

夕阳铺满查理大桥
洒下满地金子
远处教堂的钟声敲响
布拉格的黄昏似乎特别悠长……

李俏梅

LI QIAO MEI

修 复

李俏梅

1968年12月出生，籍贯湖南涟源，分别于1994年、2007年获中山大学中文系现当代文学专业硕士学位和博士学位。现任教于广州大学人文学院，从事现当代文学的教学与科研工作，尤感兴趣于诗歌，在《中山大学学报》《文艺争鸣》等刊物发表论文40余篇。

要时刻记住生命的中心词：修复
我是一架被自己用坏了的机器
我的脑子　我的记忆
我对词语的精细感觉
我对人对事的领悟

有时我目光呆滞　思维阻塞
有时往日的灵光如火花一闪
多么珍贵的感觉
一些人对我火眼金睛，一目了然
表现出不屑与冷漠
一些人富有涵养，不动声色
带着困惑与不解与我共处

这些我都坦然接受

不如此又能怎样？
我告诫自己
坚持，以心中最大的力量坚持
在希望与绝望的轮回中坚持
在石头推上去又落下的
徒劳中坚持

我想看到河水东流又西归
我想耐心等待自己的奇迹
我相信事物能顺着过去
就能逆着走回
尤其是生命这架奇妙的机器

预　感

只要凝神细听
开放你的灵性
你就能听见命运神秘的呼吸
前路，是危险，是晦暗
还是透出微光

此刻，微弱的欣喜
从我内心升起
如一轮雾天的初阳：
醒来了，终于醒来了，
一个人独自在混沌的黑暗中
走过那么危险的长途

温暖在内心缓缓升起
虚软的身子穿过花园
在一些美好的事物前驻足

李庆双

LI QING SHUANG

不知道为什么与你相遇

李庆双

中山大学传播学院党委副书记、博士。大力推动校园诗歌的发展，特别是三行情书的普及，在中大东校园建立了校园文化景观“三行情书林”；主编出版《爱的诉说——三行情书集》《中国梦 中大情——三行情书集》，荣获“广东省校园文化建设优秀成果特等奖”。

不知道为什么与你相遇，
只知道凝望的瞬间，
灿烂的春花溢满芬芳。

不知道是否与你相知，
只知道欢聚的时刻，
夏日的风总在热情地激荡。

不知道是否与你相依，
只知道与你独处的时日，
多情的秋月铺满山冈。

不知道是否与你相别，
只知道冬日的火炉旁，
我会守着过去的不老时光。

三行情书

在故乡，我们向往远方，
在远方，我们回望故乡，
在故乡和远方之间，我们走完一生的时光。

李文巧

LI WEN QIAO

李文巧

笔名老树。广东惠州人，出生于1986年6月。2004年考入中山大学软件学院，现为中山大学哲学系博士研究生。自行印有诗歌集《六个欢笑，一个忧伤》。2015年，诗《废墟广场》获得第一届“全球华语诗歌短诗大赛”三等奖，诗《葬礼》获得优秀奖。2016年，获得中山大学原创歌曲大赛“最佳填词”奖，作品为《The Sin》。

废墟广场

这是第一级阶梯
静谧的广场　沉默的雕像
月亮从树丛中升起　与一只手撑破泥土　没什么分别

年轻的恋人　挽手走来　远景被放大
他们交谈　并迫使剧中人说话　乐此不倦

带引号的世界　恣意生成
紊乱和背叛　继而加入游戏　一个故事
跳跃至另一个　小矮人和巫师的童话　同时上演

“亲爱的　我们将到达哪里？”

没有回答
阶梯的数目惊人　层出不穷

从高处望去　只剩下一对脚尖　停留在原地

而我们　发现自己
变成了石头　守候　入口两侧

镜像阶段

我看不见　你的眼睛　相信你也如此
因此　我贪婪而热烈地　窥探你的身体

这完美的艺术品　梦中已多次呈现
饱满的双唇　柔美的乳房
隐秘的私处　她们不都是花朵
渴望绽放吗？

今夜　没有我　这面诉说谜语的镜子
你苍白的躯体　还会是什么
从未有人治疗　一颗不愿愈合的心
我的手也不赞同　如此轻易胜利

哦　亲爱的　你闭上了眼睛
因此　我贪婪而热烈地　窥探你的身体

我看不见　相信你也如此
当然　或许　光线会说谎　好比镜中
微笑　甜蜜的　果实　孕育着新事物

难道　你的眼睛　也这么想？

李 缨

LI YING

李缨

1963年出生，1980年入读中山大学中文系，1984年任中央电视台编导，1989年日本留学，从师大岛渚导演，至今导演了五部电影作品：《2H》《飞呀飞》《味》《蒙娜丽莎》《靖国神社》，多次获柏林、日内瓦、阿弥尔、马赛、圣丹斯和中国香港国际电影节奖项。著书《神魂颠倒日本国》。现为日本电影导演协会国际委员会委员，中日电影节艺术总监，日本孙中山文化基金会理事长，中山大学日本校友会会长。

舌 头

记忆中
我曾爬上一棵怪树
大声叫喊
舌头挂在了树上

当我的牙齿全被岁月敲掉
我就去探望我的舌头
多么可爱的叶子
它挂在树上，又嫩又绿

虚构的水城

用水做一条街道
再做一盏枯黄的路灯
灯柱子也是水做的

水微微荡漾

这时人还没有出现
首先是有了这些水
这水是万年的胎息
只是水不知从何而来

水从未间断
这就有了水做的人
水做的人生活在水做的小城
水古色古香

难以想象的
水做的岁月
开始了流动
但水并不流去

水做的人
在水中的影子
就成了水的歌声
和水的气息，迷迷蒙蒙

再也不可能
把水分成两半
水是一个神秘的预言
是水做的就找不到一道裂痕

水于是做了一个灵魂
让他注视水做的城里
那条街道，那盏枯黄的路灯
守候那个水做的人

水的深处没有昼夜
水做的灵魂，时间一长
就留下了水做的泪

无　题

风没有影子
你是有影子的

风看得见
但你是看不见的

云没有去处
梦是有去处的

但梦找不到你
云却天天看着你

云　海

我已经忘却了陆地
这里，连孤岛也已消失

我已经忘却了死亡
这里，连墓碑都无法竖立

风　息

借助灰烬，它可以轻柔地

在夜晚的荒野，拂起颤动的火星
再出其不意，举起森林的火炬
照亮天空的乌云

火无法将它烧毁
它不会枯干，也不会蒸发
地壳不能像给予海洋那样
给它颜色和形状

但它可以迅猛地掀起海的鬃毛
借助海的嗓音，发出阵阵呼啸
所有的人被它梦一样抚摸，被它惊醒
但从未有人说过它的重量

有时它也借助满地流淌的雨水
和在雨水中漂流的落叶，倒来倒去
但它从不崩溃
水甚至不能将它濡湿，更不能溶解

它没有生死的变化，只是不断转移
我们不能阻止，它常常进出我们的身体
就像月光在危险的夜空里运行
它沿着我们血液的轨迹，使心脏战战栗栗

它无法模拟，也无法重新创造
它是最不稳定的一种存在
它可能一秒钟就会离去
可谁都不会以为它真的就会消失

它一到来，我就明白
它会借助我，谎称爱情仅仅是一种呼吸

李兆凯

LI ZHAO KAI

当你已走

你消失了
像不见了万年之久
门虚掩着
刺目的光芒里有灰尘跳动
发丝停留在枕边
缱绻出一份温暖
告诉我
你刚刚走
泪滴洒落在床前
清澈里一点心酸
告诉我
你并不想走
可我呵
走遍了天海尽头
去寻你

李兆凯

中山大学2016级紫荆诗社成员。

直到白首

菩提树上有片叶子
你刻了名字
废弃的阁楼里有面镜子
你用它上妆
马儿嘶鸣，它说曾载你万里奔程
鸟儿蹁跹，它说曾伴你百日悠游
可诗人呵，他的心被你带走
那分炽热却没有让你停留
全世界都在说你留下了一切
可我觉得
你什么也没有留
就像退尽的海水
繁华俱休

李正源

LI ZHENG YUAN

李正源

1990年出生于湖南双峰，文学学士，中山大学文学硕士。作品散见于《光明日报》《2013年高校文学排行榜》《诗潮》等刊物。获人民文学“包商杯”高校征文三等奖、中国少年作家杯一等奖、首届清风苑诗歌征文奖等奖项。作品集《九月的修辞》正筹集出版。现居娄底，供职于双峰一中。

中大草坪

从花朵到马骨　一种清澈之力
让这片草绿得无遮无拦
几场雨过境　你是一只飞虫起落　在草窠间
放牧一些零散的情节
比如销魂的雨水
错爱留下的言辞
比如一个少年素色的自卑　风一样
忧伤地出发
这些年　我看到自己
从一株草　抵达另一株草
从一片云中　竭力掏出真实的水分
而交换过的梦幻和氧　如同露珠一样闪烁　又滑落
草尖上的微晃　草心的迷恋
草根处脱落的陈年词汇
结成一粒粒草籽

在鸟喙边轻柔滚动
我看到草终于推开了我们　潮水一般
涌出去好远好远

岁　末

大山里　天空诉说的过往　湛蓝而平静
仿佛无数生死重演的温柔
植物的酒液　缓缓朝向北方　水鸭
拍打翅子抵不住季风　却能
回应着体内单薄的钟鸣　眩晕
来自水中之镜　卡在喉结的寒霜
亟待一棵银杏交出所有的黄叶
再相继交出枝干
初冬　旷野　阳光暖暖照亮一切
野草仅剩的枯荣　多么像
我死去的亲人　忽远又忽近

雨夜无眠

雨水一旦落向春天的马背
我就会想起那些曾经被我爱着的人
雨水里走散多年　我不知道
她们去了哪里　过得怎么样
相关的记忆也无非是所剩无几的碎片
好比一簇簇新开的花瓣　她们在我的窗外
有过最粉红的青春
也有偶然饮醉风中的随性
现在　季节的风带她们去到了别处

那里　我不知道自己对她们还意味着什么
那里　或许我正在淡出某一个版图
可我还是想知道　当一个又一个美丽春天
在马蹄声里盛放又飘零后
前方是否会有人像我这样
在某个细雨霏霏的夜晚　仍然
默默怀想着她们

归去来兮

那么多草木已经萎黄，而我还活着
像一阵风　迁入某个朝代的体温
雨水在夜间点亮屋顶　凌晨醒来的露水
在叶尖扯动乡愁的泪腺　那些鸟一样
的飞翔　云朵般的迁徙　像天蓝
在峰峦线处点到为止
行走异乡　记忆是我唯一行李
曾经跳荡的火焰　像扔出去的雪球
在风里吹散后　又冰冷落回脸颊
眼下　那些树木　小桥　老宅　构成季节的迟缓
负在一只蹩脚的飞虫上　于荒芜的田野间
缓缓而行

快与慢

栗色之门　倒影缓缓刻印于
白木地板之上

时间刚好　旧照　葱郁的盆景

一同向上生长
你已不能说话
你说出什么　将不再是什么

白天的枝头上
阳光以心跳惊动了一片树叶

回音则在夜里孕育了一个芬芳的名字
低拂　宁静如水的街道

陆先高

LU XIAN GAO

洁白的竹花

曾经有过一片竹林
它是那样的翠绿
不知度过了多少个春秋
总是那样地充满生机

路过的人们都赞不绝口
赞叹之余却带着惋惜
假如这万绿丛中再添一簇白花
那该是多么富有诗意

似乎为了证明自己的价值
竹林默默发誓
看吧，总有一天
我会使你们满意

陆先高

湖北公安人。1979—1983年就读于中山大学中文系，北京大学MPA。历任光明日报总编室、文艺部编辑，光明日报社总经理室副总经理、经理部主任。现任光明日报副总编辑、光明网总裁兼总编辑。中国记协理事。全国宣传文化系统“四个一批”经营管理人才。

又不知过了多少个春秋
路过的人们还是那几声叹息
竹林也还是那句许愿
等着吧，我总会使你们满意

终于　有一天
白的花蕾在绿枝上结蒂
当一夜秋风吹过
白花遍开　啊　多么神奇

每棵竹上都长满簇簇白花
那么可爱　那么浓密
洁白得像飘进绿丛中的雪花
从此路过的人们不再挑剔

安详地走完了生命的旅程
竹林由绿变黄　悄悄死去
翠绿的竹林　洁白的竹花
含着微笑在世界上消逝

潇湘雨

细雨黄着江南
梅子
枇杷
荇菜的梦

也亮着长城脚下
棠棣
素馨

堇的笑容

中原留步
绿了银杏
青了梧桐
彩绘了牡丹的倾城

在心头
淋出来的枝叶上
轻轻晃荡出一湖
风永远不懂的
柔情
爱若老去
且请从容

苏艾琳

SU AI LIN

风的不其城

在不其城的篝火里
有风的影子
踏着巫师的鼓点起舞
如赤红燃烧的火
绽放着最后的艳丽

那高高蹿起的火舌
是汉武大帝滴着血
摧枯拉朽的剑锋么
顷刻间化成灰烬的
不仅仅是戎狄的铁蹄
还有阿娇相如赋的柔情

来啊，趁着这风势举杯
握住穿越时空的一瞬

苏艾琳

曾就读于中山大学外语系及东南亚研究所，后漂泊海外数十载。虽为稻粱谋改做工匠，然文心未泯，偶喜舞文弄墨。

让酒精去浇灌饥饿的火苗
把一切美好的和丑陋的
都归于冥冥
在篝火熄灭后的黎明
沉睡着不其城苍凉的寂静

千年的轮回就这样
默默地周而复始
谁说世上真的有
永恒故事的演绎
且去看看那座不其城的
断垣残壁吧
爱情不过如此
仇恨也不过如此

苏炜

SU WEI

苏炜

笔名阿苍。中国旅美作家、文学批评家。1953年生于广州。“文革”中曾下乡海南岛10年。1978年入中山大学中文系，毕业后赴美留学，获洛杉矶加州大学文学硕士，并在哈佛大学费正清东亚中心担任过研究助理。现为耶鲁大学东亚语言文学系高级讲师。著有小说《渡口，又一个早晨》《迷谷》、短篇小说集《远行人》、学术随笔集《西洋镜语》、散文集《独自面对》，以及论文多种。

万物说

雨伞说：不敢经历雨骤风狂，
谁，会把你举在头上？
雨鞋说：人家把全部重量托付给我，
泥里水里，我还计较什么？

桂花说：用最小的花蕊迸发最大的能量，
世界，才能溢满馨香。
荷花说：没有淤泥的丰厚肥沃，
不染之心，怎么拂漾清波？

海浪说啊：水唯能下方成潮。
高山说啊：山不矜高自及霄……
万物说啊，万物说，
万物都在说……

万物说你，万物说我，
我啊，我该说什么？
万物说你，万物说我，
你和我啊，我们该说什么？
——该做什么？！

心的门

望着你的背影默默离去，
我在问我自己：
心的门，在哪里？

心的门，在哪里？
在灵魂的城堡里，
在情感的深海里；
在万千飘零的落叶里，
在沉重如山的石头里。

心的门啊，在哪里？
我站在悬崖眺望你，
我顺着河流追溯你，
我锯开了大树寻觅你，
我劈开了顽石叩问你！

那个喝着烈酒的夜晚，
我捏碎了酒杯问自己：
心的门啊，究竟在哪里？！

你的面影静静浮上心头，
我在问我自己：

心的门，在哪里？

心的门，在哪里？
在温暖的掌心里，
在寒夜的灯火里，
在狭窄门缝的眼睛里，
在寂寞人群的回眸里。

心的门啊，在哪里？
我捧着赤诚期待你，
我咬着艰辛追随你，
我揉碎了照片回忆你，
我愿献出生命陪伴你！

那个风雨鸡鸣的早晨，
我擦干了泪水问自己：
心的门啊，到底在哪里？！

心的门啊，
原来在这里，在那里！
在那里，在这里！

在阳光里，在空气里，
在真诚里，在爱心里！
你打开自己心的门，
那道远远的心门啊，
就会慢慢敞着，悄悄迎接你……

吴才华

WU CAI HUA

二十年前的夏天

二十年前的夏天
你抱着美丽的情人
海滩的细沙又白又软
吐着烟雾时发出阵阵幽香
而后火车往北开去
你为情人削着苹果
什么都不用惦念
到达祁连山时还是夏天
你们在宽宽的山腰里搭好帐篷
雪不久就要下了呢
白茫茫的一片会将你们覆盖
二十年前的夏天多么美丽
可你当时尚未出生
你才十九岁

吴才华

20世纪80年代曾担任过中山大学紫荆诗社社长。

吴曼华

WU MAN HUA

吴曼华

1959年生人，1979—1983年就读于中山大学中文系。出版社编审。

给孩子

给你眼睛
我清朗的目光是一扇扇透明的窗
在你的黎明、你的四周
还有你要去的低峦浅滩
窗，给你倚靠和戏弄斑驳的阳光

给你嘴唇
我独立的双唇像潺潺流水
岩石间跌宕起伏
低声曼吟曲曲悠远的歌
启迪你，带来如歌的希望

给你蜡笔
你用它画下鸥和大海
纯真的心愿如风惹动帆

我站着，甚至称不上伟岸
可我仍要以我的名义
把世界给你

根

被裸露的根啊
你仍是献出了自己
却更美丽

蜿蜒交错的
是你的血脉
苍劲有力
构成你在大地的浮雕

大地表达了你
你却表达了自己

吴少秋

WU SHAO QIU

吴少秋

1958年出生于汕头。1978—1982年就读于中山大学中文系。广州市文化传播事务所创始人。现居英国。

夜

大树、小树和飘动的少女
都穿上勇敢的黑衣
于是太阳扇翅往山里逃去
那时光明、篝火和所有的星星
沿着透明的风
无拘无束快活地撩起

黎　明

在黑黑的黑色和红红的红色之间
世界给自己刷上一道无边的白烟

秋天的田野

憔悴的落叶　用不着悲哀
还剩那些没成熟的脑袋
迎风笑得心开……

辛 磊

XIN LEI

辛磊

（1957—2010），记者、作家。1979—1983年就读于中山大学中文系。中山大学紫荆诗社的创始人和第一任社长。在《花城》《青春》等发表诗歌散文随笔，诗作入选《中国青年诗选》《大学生诗选》。与作家祝春亭合作《岭南三部曲》，其中历史小说《大清商埠》获第八届广东省鲁迅文学艺术奖长篇小说奖。

我从昨天向你走来

我从昨天向你走来
我的身后
是一长串阴暗的日子
和像那些日子一样阴暗的叹息
我把它们紧锁在记忆里
像紧锁着一群囚犯
它们是衰老的星星
一颗一颗，被黎明吹熄

我从昨天向你走来
留下一个忧郁的故事
一支悲哀的歌曲
我被你的目光吸引
我不再伤感
微笑着看那风

从枝头上撒下一片片发黄的叶子
每一片叶子都是一页凌乱的诗稿
记载着
我不幸的迷误和彷徨
冬天悄悄地过去了
春天突然降临
我知道
已经发生了一个奇迹

我从昨天向你走来
仿佛，我走进了一间明亮温暖的小屋
把影子关在门外
交给寒冷的黑暗去处置
我搓着冻僵的双手
感到血液又重新在身体里流动
你听！这颗心
也在怦然作响，要求表达
因为爱你，生活再也不是负担
只是不要说
这一切都过于匆忙

我从昨天向你走来
不是为了结束，也不是为了重新开始
一千次梦想还是一次梦想
一千回追求还是一回追求
因此，主题必须更换
我选择了被选择
在给予中被接纳
我在你的生命里发现了自己
我认识了永恒

是的，我都想过了

是的，我都想过了
即使约定的日子遥遥无期
我们艰难地走完一千年
还要再等一千年
我也决不犹豫
即使一万个故事里
有一万个悲剧
我也要拉起你的手
大笑着，朝升起黎明的地平线奔跑
把海浪的喧响甩进寂寞的山谷

我不是礁石
不是冰冷的雕像
低垂在我脸上的也不是乌云
有时我沉默，有时我诅咒
但并不是没有明确的答案
就让命运簸动星星网筛下的夜色
填满我未来的岁月吧
我的爱也像雄浑的建筑
在你心上巍然矗立
只要我们目光的每一次交流
都使闪电凝成永恒的线条
只要我们嘴唇的每一次相触
都使山峦获得亘古的天空和土地

是的，我和你
构成了一个故事
在太阳和月亮之间流传
而且还要被波浪用闪光的语言讲述

当然，我们没有道路
道路在我们身后
像影子，紧紧跟随着
成为里程碑不断伸延的内容
而路旁那些喷吐着一簇簇火焰的花朵
将充实我们的记忆
照亮所有黯淡的日子

我们正年轻

动身的时刻到了
让我们走吧
不必惋惜，也无须告别
纵使歌声渐渐沉寂
我们的心却永远跳荡不息

是的，我们曾经坐在草坡上
幻想着有一缕风
使所有闷热的日子簌簌响动
然后秋天就会在我们灼烫的掌心里
悄悄苏醒
悄悄释放出醉人的气息
于是我们点燃一支烟
凝视远方夕阳沉没的山谷

我不会忘记
你怎样轻弹一只海螺
让我聆听潮起潮落的真切喧响
从此，我相信了你
当你为我升起风帆

大海边增添了一名儿子

没有肌腱隆起的肩膊
但是土地属于我们
没有古铜色的皮肤
但是太阳属于我们
甚至连岁月
也会因为我们开朗的大笑变得年轻

是呵，我们年轻
所以不期望命运的厚赠
所以我们将在风暴里作一次小憩
并且卷起最后一片三角帆
让黑色的鸦群盘旋成标志方向的旗帜
沙漠里的仙人掌
将代替我们向世界宣布
在每一处骆驼倒下的地方
都会耸起两座使地平线颤栗的山峰

动身的时刻到了
我们走吧
不必惋惜，也无须告别
纵使原野空旷寂寥
我们的呼唤不会没有回声

杨 韬

YANG TAO

妈 妈

我走过鲜花怒放的树下
花瓣落在我的肩头
像家乡的雪
却只能枯萎不会融化

我把双脚埋进柔软的沙
十一月的海风吹在脸上
像妈妈的手
手心有泪水的味道

月亮照亮妈妈半白的发
苍白的风吹走另一半思念
南国的夜晚没有星星
我在梦里追逐爱情

杨韬

吉林人，1991年7月生，求学于中山大学，地理专业。

妈妈
你把一滴泪水丢进家乡的河
在南中国海
化作潮声日夜不息

姐姐的吻

拨开遮挡着的
宿命的长发
我从云端俯下身
把一个绵长的吻
印在你唇上
像清晨的月光
充满令人沉醉的芬芳

这一个吻
是一个世纪的漫长
直到我们都化作
腐朽的尘埃
空气中还弥漫着
它的甜蜜与苦涩

星星也许会坠落
但爱情不会

张海鸥

ZHANG HAI OU

张海鸥

河北人，复旦大学文学博士。现任中山大学中文系教授、博士生导师，兼任中华诗教学会会长、中国词学学会常务理事、广东中华诗词学会副会长等。出版《北宋诗学》《水云轩诗词》等著作十余种，在《中国社会科学》《文学评论》等学术期刊发表论文百余篇。在2016“诗词中国”活动中被评为“最有影响力的诗人”。

徘徊的马岗顶

夜色轻抚着马岗顶的岑寂
深深浅浅的是我的心情
也许我读不懂这林中的幽邃
不知道细叶榕为谁婆娑
凤尾竹为谁渊默
可是我知道这宽宽窄窄的路
当然不是清夜沉沉的春酌
也不是一声呐喊的拼争
那么这路上徘徊的寻梦者
可否有梦里忧伤的自由
可否有拣尽寒枝的自守

檐下虬曲的海棠
必不是苏轼喜欢过的那一株
虽然有同样的幽独

但那低压的枝条
柔韧着百炼的刚强
依旧是千秋的生长
物竞天择的艰辛啊
玉成你高贵的孤独

水面没有涟漪
却看不清陈年的湖底
匆匆照影的惊鸿
其实也不必叩问水底的泥沙
浊者自浊
清者自清
那平静的宽容
注定是永远的承受

在没有月色也没有灯光的马岗顶
野草一如既往地缄默
呵护夜的安宁
守望绿色的风

康园无雪

康园无雪
海棠并未在夜色里绽放
林中也没有梅花或雪莲
守望了千年的沉默
依旧是绿色的无言

许是梦中的纷披吧
一次次弥漫天地的净化

总也抵不住无微不至的灰尘
一场场至情至性的飘扬
都化作二分泥土一分流水

梦伤了雪的心
海棠不愿流泪

在冰冷的极地
雪是生命如实的约会
是可以轻轻触摸的纯洁
是值得以身相许的宽容
是肝胆相照的明澈
雪是白的

而在温热的回归线内
雪只是梦的虚无
梦中的雪常是黑色
或者殷红或者暗紫

康园无雪
空惹雪梦无痕
海棠梦想着雪的故事
哪怕赤道也变成极地
就算被雪埋葬
也要远离无雪的暧昧

怀士堂

怀士堂，俗称为“小礼堂”，是矗立在中轴线上的中山大学的标志性建筑，因为是学校举行重要会议或礼仪的地方，取名“怀士”。这里是人才聚首、风云际会之地。中山先生手书的校训也立于此。

怀士堂神圣又神秘
就像千秋的孔子
淑士彰贤
传钵授笈
这里是洗礼的圣地

堂前芳草弥弥
层霄琼瑶郁郁
灯影书香里
说不尽大雁归来
鲲鹏振翼

堂里的演讲伴着掌声
堂前的桃李浴着春风
任是豆蔻年华变了耆旧
任是露润霜滋四海飘零
经商治学为政
谁不从这里启程

月光中走来银发情侣
重温相思树下的往事
如今红豆已成林
只有海棠依旧

黑石屋

黑石屋是康乐园首位华人校长钟荣光先生的故居。

1922年6月16日陈炯明兵变，宋庆龄曾避难于此。1923年12月21日孙中山曾在黑石屋与岭南大学师生座谈。

谁在屋前种这些树
见证共和的沧桑
谁在小院清宵对饮
笑谈风云迢递
如今的鹧鸪声里
往事如梦如丝

那个属于校长和总统的夜晚
惊风密雨
交织一份海内天涯的乡谊
国之兴亡与校之盛衰
一如这故居的灯光
时明时暗
春来冬去

那些属于校长和教授的夜晚
灯光琴韵里
几度兰亭金谷
多少风期相许
酒香和茶香
醉了芳草萋萋

千秋草木百年校园
人如过客事如流水
凤凰花总在五月绽放
紫荆花则要开在年底
沏一杯淡淡的茶在榕树下

细品未来和过去

荷风淡淡

康乐园湖泊池沼，如今仍存者四。东湖、北门长方之池、西湖和东北湖。

湖畔总有人追寻
爱已是往事吗
水边芳草萋萋
多少梦想成真
多少镜缘成尘

东湖的荷花西湖的柳
见证多少阅读的晨昏
青春牵手已成垂暮
戏水的儿童
怎知前辈爱的艰辛

春风里木棉花开
秋雨中枯荷残败
谁见过环湖的路有始有终
谁见过湖边的人青春常在

然而康园的记忆深处
湖边总是香飘四季
无论人喧世闹
无论天风海雨
校园纵有是非百变
湖水总是不离不弃

那平静的宽容注定是永远的承受吗
那无言的守望终究是一池寒碧吗
当一场场演出曲终奏雅
明年的红舞鞋又在定做
水面漂来的
依旧是淡淡荷风

下渡秋风

下渡是珠江边的小小村落，紧邻康乐园。它不只是中大的近邻，出租屋、大排档、“小士多”，和学生们相依为命。

来了师弟走了师兄
酒也匆匆
人也匆匆
又一番月色朦胧
又一场玉露金风

小店里狂歌痛饮纵横谈笑
没有鸿儒没有富翁
也没有一个是白丁
每个人都有的
是青春的理想和激情

窄门陋巷
邂逅多少情爱友爱
演绎多少得失成败
踏不破的门槛

阻不住的行程

都说人生如梦
梦中的你淡荡如风
停船酌酒相约下渡
许几桩心愿随几个缘
等一段青春的航行
秋风起时
帆影又从容

张雅萍

ZHANG YA PING

月　光

你若把那婴儿的酣眠分送给我
我想，我会是一枚洁白的贝壳
听着潮汐的摇篮曲，海浪是
我的呼吸

摘一片浮动的星光披在身上
魂梦在安谧中融入夜的黑
鱼儿在脚心来回梦游
海鸥收敛了躁动，玩闹的翅膀

人鱼隔着海与灯塔相望
礁石上洒满了小小的月亮
于是贝壳说，等风停了
我们去一个没有桅杆的海港

张雅萍

别署忘斋，1995年生，中山大学中文系2013级本科生，曾担任岭南诗词研习社社长。喜欢古典文学，喜欢制谜和解谜。

树的诞生

奔腾的大海——从瓶子里倾泻
泼洒桌面，直到这干涸的玻璃箱
变成一片汪洋
敲打岩石的鼓点戛然而止
在星辰渺邈的一刻
尼亚加拉陨落了——

啊，幸会你，黑色大陆的骏马
（与人类无关的狂热）
平凡和勃勃生机无声无息地蔓延
粗壮巨人的胫骨般的树干
无边无际的森林闯入我的世界
看，鸟儿和兽类熙熙穆穆，没有迁居的忧虑。
忽然我听见了我的名姓，亲切得令我双眼泪盈
繁茂的家乡，还有善良的朋友们，我的弟兄
欢笑着，呼唤着

于是我开始了某种舞动，尽管
再想不起湖中精灵往日的光辉
它们回旋着脚步，延伸向苍莽的林间和天空
荡漾的枝条中看见，在那里
海水蜿蜒，许多水母在漂浮
林杪透着幽深的绿色的光
还有白鸽在水底穿过条条波影
绿色的黄昏之海，生灵的栖息地
不知何时，我长出了虬根
它们从我的足底拼命挣脱
在震晃中，我仰望
大海坠落的地方——

阳光猛烈地照在脸上
树叶沙沙地响着
一棵树的诞生

麋　鹿

清晨的时候，我提着一篮湖光
把云朵藏在衣襟游弋
苔藓氤氲的磐石，伏在深丛里
像一头眠里的狮子
那时候，我便想起了你

清晨的时候，我轻褰绛色的纱裙
蝴蝶绕着野花飞来了又去
妈妈缝绽过了
瀑布婆娑弥漫的树影
那时候，我便想起了你

张 云

ZHANG YUN

张云

中山大学中文系1981级学生。现居悉尼，澳大利亚持牌执业会计师。1983—1985年任中山大学文学社副社长、紫荆诗社社长。

我年轻，我要毕业

一秒一秒地感受着这个时刻
我存在
从没有这般凝重，这般庄严
傍晚，我走向一片蛙鸣
激越的生命在耳边喧噪
入夜，细小的身影销匿在布满青苔的小路
我触摸到自己年轻而脆弱的心
落满了一个又一个句号
离别的时候，没有诗
生活深情地铸造了我
给我以挚爱——布娃娃、神话，还有诗
为的是，在此刻
能把我抱进大海潮
然后撒开手
要我活着回来

在无人知晓的角落
多想把自己藏起
藏到任何岁月、任何人都无法企及的距离
把痴想和逃遁留给疲惫的灵魂吧
我年轻，我要毕业

林丹华

LIN DAN HUA

沉　船

在我心海深处
有一艘美丽的沉船

它的沉没
不是由于一场
突然的狂风恶浪
它缓慢地
悄无声息地沉没
连我自己也没觉察到

它装载着
最初的纯洁
心灵的宫殿
曾被雕塑得晶莹透亮

林丹华

本科，中共汕头市委党校副教授。1989年6月通过自考获中山大学汉语言文学大专文凭。国家二级作家，广东省职工艺术家。出版文学类著作10本，作品多次获奖。

什么时候
什么时候我能将它打捞
而又不惘然四顾

在，或者不在

时光是个低调的家伙
但十分狡猾
它永远在，又叫人忽视
它不动声息地使时间
一秒一秒地不在了

不在了的时间
还在时光里，再也回不来
像每一个离世的人
还在亲人心里
再也回不来

高和低

我坐着
他站着
我的眼睛在低处
他的眼睛在高处
我不得不仰视着他

实际上他也是高高在上的人
人前人后，低微的我
也不得不仰视着他

此刻，站着的人正慷慨陈词
滔滔不绝
把自己越描越高大
仿佛正义和真理全部在他怀里
把不在场的另外一个人
说得比黑夜还阴暗
贬得比腐败还龌龊

我知道事情的真相
其实与他说的是两回事
我坐直了身子

我仍仰视着他
但是我看见另一个自己
站了起来
在一个高处，俯视
还在颠倒黑白的他

像水一样活

放下所有无关生死的轻重
像水一样活着，透明而简单

大海之水，只关心盐分与潮汐
连天空也视而不见
天降的雨水，只关心土地
淋湿事物，落下刹那即忘记乌云

如果是人类的泪水

不能从暗淡狭窄的心流出

只在大悲的时刻流出
从此刻开始，做回纯粹之人
沿时光河流方向，一日日流淌
一步步，接近光明的死亡

品贮存70年的普洱茶有感

一叶叶，一片片
被命运的手紧紧拢在一起
在尘世之内，尘嚣之外
如僧，默默打坐70年

日日，月月，年年
时光的流水慢慢淌过
茶们的俗世杂念
被岁月的飞轮抛尽

不再挂念那棵山野的茶树
怎样面对晨曦暮霭、风霜雷电
不再在意那位村妇哀怨的眼神
也忘了怀春少女那声甜蜜的叹息
采茶时节的往事，淡出心境
70年的光阴悄悄滤去了
一切身外之物
独留纯纯净净的自我

在尘世之外，时间之内
身心轻了，自身的骨血并不销蚀

风骨犹在，波澜不惊，似人生化境
无言，无语，瘦瘦茶叶有道骨仙风

在夏日的午后，一个偶然的机缘
在青山绿水的茶庄
几个年龄比茶龄年少20岁的茶客
赴了一场和茶叶前生约定的相会

端杯，茶香却是淡之又淡
如看穿红尘智者的微笑
啜品，顿觉口舌生津
方悟茶里蕴涵的禅意

林欢平

LIN HUAN PING

相约黄昏

礁石是大山的信使
退潮是山涨潮入海
向大海传递着山的问候与关怀
海岸边上的棕榈树
是森林派出的信差
因为森林懂得　那风风雨雨源于大海
大海读懂了树叶摇摆的肢体语言
大海感受到了山的情怀
黄昏的海面升起彩云
那是大海的回信
借一道夕阳
相约黄昏

林欢平

中山大学1999届法律研究生，网络诗人、国家三级高级检察官。爱好太极、诗歌、乒乓球、音乐、围棋和冬泳。曾在国内外文学杂志发表过文章和诗歌。

历史的砖块

我又步入了北京路
与唐宋明清再次会晤
嬉笑的人群在指指点点
仿佛在古玩店评判春秋

拍砖的年代
城砖在静静躺着
垫底那块
我在琢磨有多沉
我闻到了硝烟和战火
血泪融进了成色
以文明的名义覆盖文明
历史的每一块城砖
都很沉……

林立升

LIN LI SHENG

模糊的影子

把兰花放下
在黑夜里寻找兰花的影子
有人把你放入地下
在他们的岁月里温故你的岁月
你的笑越来越远，越来越模糊
就像一滴水在大海里扩散

怀念古老的爱

我们取冰山上的冰块
温热成水
洗透眼睛，赶到很高很高的高山上
看月亮，一尘不染
我们不看河里的月亮

林立升

2004年9月至2008年7月就读于中山大学药学院药学专业。曾在《中山大学报》《中山日报》《韩江》《潮州文艺》等发表过诗歌。

更不看井里的
我们的祖宗挖出来的井大多已焦渴难耐
或陪着老屋自然锈亡
我们要策马奔腾，到有着青浪的草原
那里羊马踩着四季吃着不灭的青草
我们不让轮胎挤坏草原的肠道
我们要睡在草的胎盘里
不染烟尘地恋爱

行囊里的泪

我把我的情感折叠起来
放入月光那里
月亮把父亲的叮咛摘下来
放入我的行囊里

打开行囊
有一条河流流了出来
我的思念顺着河流漂到家里
瓦房屋上烟囱里炊烟轻飘
门前的远山，有一人
在阳光的翻炒下蚂蚁似的搬着石

父亲以前也是这样做的
父亲总是泡了一身汗回家
父亲的血汗是我们一家的粮食

尚钧鹏

SHANG JUN PENG

尚钧鹏

诗人，艺术家。1983—1987年就读于中山大学中文系。在校期间整合全校诗歌创作力量，正式注册成立中山大学紫荆诗社，并担任紫荆诗社首任社长。作品曾荣获全国诗歌优秀作品奖，入选《中国现代主义诗群大观》《朦胧诗三百首》《中国第三代诗人诗选》《中国诗歌排行榜》《1991年以来的中国诗歌》等多种作品集。现居广州，尚之空间艺术机构主持。

简单的事物

那些简单的事物，逃过死劫，
散发着平淡的幽光。跟爱一样，
度过凡尘，反而一时语塞。
我在一个城市蛰伏了十年，
又在一座山上隐居了十年。
也许我比时代慢了半个节拍，
也许我一开始就在高处倾听。

我喜欢的简单里不乏醇厚，
像挂杯的酒，值得反复咂摸。
我停留的风景里也有强弱对比，
比如黑暗中一列火车疾驰而过，
我喜欢明亮的车窗划出的那道白光，
只是一声呼啸，就带走了
大片的时光。我同样一时语塞。

黑胶唱片

暮色降临得越来越早。空山更空。
静默里的最高境界，是鸟的飞翔，
是另一只鸟的陪伴。它们在湖面上
起飞，在丛林中消失，好像黑暗
是一张保存完好的黑胶唱片。

仿　佛

雨势凶猛，人间枝叶堪忧。
但雨声首先退潮，如我们悄然退场。
更深地浸润在更深的山河里。
但我们早已忘怀，
仿佛一生都这样虚度

郑健宏

ZHENG JIAN HONG

拿破仑

那一发大炮的灰烬至今还留在狮身人面像苍老的脸上
人却不见了
把帝国的光荣和耻辱
把独立和侵略交织的旋律
留给雨果去细细苦吟
自从当初和雅各宾派偶遇了
被授予辉煌，便放手大干
驾一骑腾跃如飞的骏马
把欧洲踏遍，连阿尔卑斯山也挡不住你
恨法国孤弱而敌人势大
但多少战役你都扭转
以神兵天降，即使山高水长
以帝国的铁蹄，独抗黑暗
扬鞭呐喊，欢娱皆震撼
旧势力怎奈何得了你

郑健宏

中山大学2012级紫荆诗社成员。

炮响冲霄，三分震碎愚昧
七分呼唤曙光
硝烟一散，欧洲变成了法兰西的天下
从地中海到大西洋，从西班牙到匈牙利
戎马半生常胜的身影
凝结为皇位上的正襟危坐
大海西风轻拂你的战袍
显赫的战绩是否也随风散去
一放厄尔巴岛已经太落魄
再放圣赫勒拿岂非煎熬
至今成谜是你的遗体
管家或本人，中剧毒或自然死
马革裹尸是否真的让你魂归故里
凡你到处，人皆知，启蒙之光也到
被扼杀，是新事物最可悲的下场
滑铁卢，究竟你为何失算
莫回首孤岛只剩白头
皇冠，战马，都救不了你
祖国让海给封了，无路可入
战神并非无敌，才一场败仗
怎把庞大帝国化作一夜昙花
万民俯首，无疑那才是你的梦想
引得你半生苦苦地追求
而不管在岸边向北望，向东望
巴黎城早已易主
四十多场的胜战
也不必在历数了，也无需感叹
直消把杯中酒朝天奠基
便是把满腔热血酬谢知己
英雄在长天点头示意
调转马头魂归故里

郑雪梅

ZHENG XUE MEI

灾难中的爱是什么颜色

——写于2008年5月25日汶川大地震灾后的13天

我愿意她是蓝色的，
因为天空是蓝色的，
地可以裂，
天不会塌，
抚平内心的创伤，
抬起头，
去迎接明天的太阳！

我愿意她是蓝色的，
因为大海是蓝色的，
地可以干，
海不会枯，
洗涤内心的痛苦，
敞开怀，
去感受人间的情深似海！

郑雪梅

1985年中山大学汉语言文学函授专科毕业；2002年中山大学公共管理研究生班结业。现为广州市政协机关副巡视员。爱好摄影、旅游和运动。

周俊晨
ZHOU JUN CHEN

交　集

——致学友

青春绽放的花季
我们留下了或宽或窄的交集
犹如无邪的孩提时光
手牵着温热的手
纤细的指头交织在一起

匆匆别后的日子
我们迢递着或深或浅的惦记
犹如灵动雀鸟的颉颃
呢喃着贴心絮语
倾诉了各自跋涉忧喜

拖儿带女的岁月
我们镌刻下或风或雨的涟漪

周俊晨

1981级中山大学历史系学生。认为“把文字变成不同于文章、充满律动的诗行，一直是特别神圣的事”。

犹如隔河相望的白杨
无暇于旁逸斜出
生命里有了别样的旖旎

生活定格在今天
我们穿行在或大或小的圈里
犹如日蚀月蚀的交错
道过卅年的孤旅
交集淬成时光打磨的珠玉

周伟驰

ZHOU WEI CHI

周伟驰

1969年11月生于湖南常德，先后在中山大学和北京大学学习，哲学博士，曾至加拿大维真学院和美国耶鲁大学学习，现为中国社会科学院世界宗教研究所研究员。曾任中山大学紫荆诗社社长。

还　乡

推翻了我的记忆
兽类的长鬃是
在我所曾熟悉的人们的
身前身后
我无法抑制我的惊异
当他们用锐利的爪
当他们吐着我听不懂的话语
向我“问好”及“握手”
我回到了家
祖父们早已死去
园子里积满尘埃
一只有着美丽的眼的狗
滴着泪
呜咽在我的脚下
我不知道它是否我儿时的公主

我招呼它
我的喉咙
却发出了一声狼的嗥叫

黯淡十四行

当花朵纷纷绽开，我仍穿着冬日的衣裳
主啊，我像一只又老又病的鸭子
浮在水中，遭受人们的嘲笑
我内心的大美啊谁人知晓

一个粗糙的形体，头发蓬乱
思想的眸光啊深深地向内收敛
洒满阳光的校道上人们光彩照人
我像一颗灰暗的小石子，扔在路边

谦卑地立在人世，我已经安然
主啊，被忽视又何尝不是一种幸福？
我内心自有逍遥的大美常驻

它远胜于眼前这葱茏的春光
—— 但有何人是另一支松木
将我的燃烧领受、传递？

击　溃

那是柔软的抗拒
胜过了钢铁的还击
你被打退了

却有温柔的感觉

她轻轻的一句话语
粉碎了你全部的企求
你甜蜜地离去了
惆怅而又虚无

在洁白的海滩上
我们向苍天祈祷
一阵浪头扑过来
我们看见了金色的海鸥

它嘲笑地掠过
不顾我们的虔诚
我们被彻底地击溃了
温柔的海水吞蚀了我们全部

晚秋十四行

主啊，在这黄昏的水上，我已把自己画幅一般打开，
天空甜美的月亮，也就要被晚风吹落。
一层层，你把一些燃烧的影像映入
我的深心，使它在秋日的大火里红透。

琼浆已酿就，醉意托举着凤蝶的翅膀；
唱着歌儿的乡亲，手拉手绕过稻草垛。
这时候，如果我还在梧桐树下默思，
我就会像枯裂的豆荚里的一粒黄豆

轻易地把自己弹出，弹回到你的手中；

如果我还在梦中行走，我就要走向你，
走向湖边阳台上白皙的少女

和在高大的萝卜花丛中玩耍的儿童。
主啊，请用你的目光这秋天的大火
把我烧到最后一页，烧到炉火纯青的时候。

九二年五月赴京复试后沿京广线返穗途中

又是日落时分，主啊，你的霞光笼罩大地；
列车载着过客，在你光影的田畴里穿行。
那归巢的喜鹊，掠过铁路两侧的电线杆，
暮霭也从麦地的边缘爬出，向着村落聚拢。
这北国的春天，你是用光芒来爱抚；
一俟秋日来临，你又将施以霜露。
大叶杨在夕照里出神静思；宽敞的柏油马路
沿着它自己的脊背向北方归去
它是不是像路上的小儿马一样心焦
拉着一辆板车，急着要回到妈妈的马槽？
它是不是像我一样平安，像我一样
把家安在此时、此地、此刻的路上？
主啊，你的爱好像一个圆环，不停地
我从你走向你，永无终点和起点。

柏霖

BAI LIN

柏霖

▶

创作歌手，城市民谣诗人。本名吴皓，中山大学生物系1986—1990级学生。原创专辑《柏霖/根源情歌》有“城市民谣”风格。

悬崖天马

我是一匹奔跑的马
在悬崖边孤独前行
一边是物欲丛林，一边是虚空无际
如此胆战心惊
它有多么害怕马失前蹄
就有多么希望重生飞起

生命里，总有一些深层的渴望
一辈子都在等待觉醒
让心里的一个自己，谋杀另外一个自己
为了彻底的自由
坠崖一跃而去

挣开世俗的枷锁
脱离欲望的引力

让那个轻盈的灵魂，刹那张开双翼
自由地呼吸
蹄下蘸着白云，摩擦着天壁
在天空写诗

雪　山

高与高
比高
用时间较劲

挣扎，于微
泰然，若止

直到
都白了头
不胜寒

花开了

花开了，真的！
真的没有看见！
在紧盯果实的眼中
人都是盲的
无所谓
谁心里头有花

花开了，真的？
真的有种声音？

在蜜蜂嗡嗡的声中
人都是聋的
谁在乎
你心中的花瓣响

雨　云

你凝视过云吗
那是两朵不同颜色的云彩
相遇相吸又相爱
拥抱得雷鸣电闪
化作那漫天满地洒落的寒凉
热了双眼　打湿尘埃

曾经多少点燃的想念
闪烁成一个相拥的画面
在那温柔花开的子夜
照亮你　天物恩宠的脸

曾经多少滚烫的爱恋
愿唤醒一个感动的瞬间
在那被人遗忘的天边
融化你　曾几揪心的结

你倾听过雨吗
那是一场如泣如诉的表白
忽近忽远　忽冷忽暖
淅沥沥　透彻心坎
恍惚是穿越时空呢喃的回响
丝丝切切　我们的爱

呜　呜　呜

曾经多少相拥的画面
被风雨沧海洗旧了容颜
纵然重逢在梦里相见
却再也　再也看不真切

曾经多少感动的瞬间
已化作风中飞舞的落叶
每当你叹息闭上双眼
禁不住　泪流满面
呜　呜　呜　呜

你后悔过爱吗
我们就像不同颜色的云彩
相知相惜　又分开
尽飘散　却淡不忘
都化作漫天星海粼粼的波光
风中徜徉　归于尘埃
风中徜徉　归于尘埃

高伯齐

GAO BO QI

高伯齐

网名白水浪荡，中山大学中文系1992级本科毕业生，在职获中山大学政务学院公共行政管理硕士（MPA），任职于广州市政府某行政部门。

银　杏

春，是花的季节
秋，是叶的季节
你跟随海拔上升
追寻秋天的色彩

但你瞟一眼满山的斑斓
却不减脚步匆匆
你，到底是不是
去寻找秋天

终于，你停驻在一棵大树跟前
但那满树的黄绿参差
并非你心中动人心魄的
淡黄，金黄，杏黄

也许，是你的脚步太急了
季节的风也追不上
也许，是你的心太切了
他的情意，跟不上
也许千年前的缘，一开始
就相差了一毫米

满树的叶子窃窃私语
似乎在叙说别人的故事
无语，无息，无泪
你闭目仰首，祈祷或悲伤

风撩起长发
眼泪忽然涌出
你一转身
叶子就黄了

一水之隔

——眺游金门大担岛

船儿不能靠岸
望远镜把距离缩短
我看得见你的一颦一笑
你看得见我泪水潸然

我听得见你的心跳
我闻得到树香花鲜
五十米，并不遥远
为何握手却这么难

海鸥一次次传递心声
海浪轻拍着黑色礁岩
我们渴望紧紧相拥
雨雾，却迷蒙了彼此的双眼

不愿想，欢愉缘何总是短暂
不敢问，只恐别恨长痛心间
是谁掘下深深雷池
是谁让咫尺天高地远

何时玫瑰不再长刺
只余心香一瓣
何时撩去面纱
枪管里结出橄榄

何时天涯成为咫尺
不再用邮票诉说思念
何时我们相聚相拥
相爱不再分隔久远

海水低回船儿不愿回返
心事浩茫难说再见
如果一切源于误会偶然
只愿时光倒流五十年

高海阳

GAO HAI YANG

圣路易斯

写给一个去圣路易斯留学的女孩蒂凡尼

——题记

你要读书很多
但可以玩一点点
酒店经理丹尼尔如此说
蒂凡尼　这是圣路易斯
一边的黑人女孩
笑脸上　满口白齿

暮色中俯瞰秀丽的
密西西比
以及河流穿过丛林的轨迹
河两岸躺着
中西部的小城
散发着些许原始的气息

高海阳

中山大学无线电电子学系1981级学生，1985年毕业。日本九州大学计算机和通信工程系工学博士。在日本、加拿大、美国生活工作多年，现居上海。担任和宏科技公司董事，深圳FirstMile通信技术公司董事CEO。

这就是青春的原发地
是的　蒂凡尼
带来的箱子
且带走满满的记忆
是的所有人都如此
顺流　逆流
循一条河流的　轨迹
别忘了今夜月亮
这么圆而令人着迷
还有这碗量忒小的越南粉
多年后　你将仍然记得

致女儿十六岁

你的童年我正思念
在那极北的夏日
夏天很短然而日照很长
当天空终于出现了星星
我忽然错觉人生相当悠长

又记起徐徐的熏风
梨花树下蹦跳的时光
跃起时几乎触及蓝天
以及随影簌落的一地花瓣

后来有一个朦胧的夜晚
你随口说我是个过客
你是如何知道的
那深深刻在我心里
在那里
你显然是我的永恒

晓仪

XIAO YI

在赌城半岛以北

在赌城半岛以北写诗
飘摇的诗行生怕赌客鄙夷
因为爱你
是我唯一的筹码

晓仪

中山大学2016级紫荆诗社成员。

笑蜀

XIAO SHU

重逢

仍是熟悉的渠边小径
仍飘着舞着，洁白的雪花

迷蒙的天地如一幅巨大的银幕
只映出默默的我，默默的她……

冰冷的雪花落在唇上
一个冬天，被我们吻化

自题

我看着时间如滔滔细浪
一层层铺到我的额上
我看着岁月如刀

笑蜀

原名陈敏，1963年出生，四川人，1980—1984年就读于中山大学历史系。媒体从业者，曾任职《南方周末》专栏评论作者。主编《历史的先声》，著作有《刘文彩真相》等。

在我的眼角镂刻沧桑
我看着我被命运的激流摔打
一直跌跌撞撞
我看着自己风化，看着自己速朽
没有悲伤
一切不可阻挡
好在还有这颗心属于自己
如千年卵石
愈加坚硬而明亮
那就把这颗心留下
铺在路上
听大地的颤抖
听岩浆的奔涌
听不绝的足音奔向远方

徐艺嘉

XU YI JIA

暖　树

——记奶奶逝世一周年

花开一片　花开一片
直到荼蘼　藻色飞扬
一株暖树　连同火的颜色和温度
我未及给你的拥抱
指尖相对
灵犀一点
其实都无须言说
无法言说

怕淡忘谁的脸
你以风的姿态拂去我的眼泪
以雨的怀抱洗刷漫天的灰
冥冥之中　冥冥之中
谁佑护着谁

徐艺嘉

中山大学中文系本科2014级学生，13岁开始写作诗歌，15岁成为云南省玉溪市作家协会会员，2014年加入中山大学紫荆诗社，曾多次在报纸及刊物上发表个人作品。

你多年以前　种了一株暖树
为我们　为至亲的人
而今　而今
树的枝丫绽放成林
遍地

你慈祥的脸　和过往的时间
深入大地的血脉
我希望你看着我们
如同看着这世界上的另一个自己
我要把那株暖树系满月白的丝带
让它在山巅飞舞
让它在溪中荡漾

你在梦里笑着　摘下暖树的果实
果实亦是暖的
你的体温　你的心跳　你的手
你尚未看我们全都长大
却用暖树牵系着我们

普通的　普通的一株暖树
捡一片叶子当作护身符
我也要种一株暖树送你
无论何时　不再孤独

曹霞

CAO XIA

曹霞

1973年生，四川宣汉人，中山大学中文系学士、硕士，北京师范大学文学院博士，现为南开大学汉语言文化学院副教授。在国内刊物发表论文数十篇。出版专著《中国当代文学批评研究（1949—1976）》和《文化研究与叙事阐释：当代小说史观察的若干视角》，编著《看莫言》和《黄昏里的男孩》，合著《新时期文学的叙事转型与文学思潮》。

秋　天

芦花穿过异乡人的眼底
深深陷入飘满白云的湖面

秋天来了
我们站在岸边
预知河流的冷暖与深浅
河面上
金黄的落叶越开越艳
犹如远去的玫瑰
燃尽最后一滴香息
之后沉向河底

秋天来了
丰收的光芒照亮大地
遥远的家乡风在歌唱

我们这群离家的人；
犹如果实跌落枝头
陷入坚硬的地面
无声无息

苹果时光

数字钟的背面
刻满苹果的饱满与香气
趔趄相伴微醺
时光谜底如银杏之蕊
层层尽露，发黄枯脆

我们目睹青春在远天消失
和着白昼袅袅的余音
而在苹果树枝刻写的天空中
曾经丰盈的岁月
被渐次磨薄，残破寥落

苹果眩晕，它的回忆里
坐满影影绰绰的往事
心首先就老了
由内而外的凉意
随陨星穿透青绿光阴

五月黄昏的苹果
被想象中的惊骇深深折磨
它在睡梦里越睡越深
石头绽开红唇
面容浮出梦境

孩子香甜的气息被风吹走
细长的果皮不断陷入地心
甜美的汁液完全裸露
受伤是理所当然的事情
灼痛，呼号，泪液
逐一掏空丰实的肉体

干枯的万物密布于果核
凝缩之处，没有秘密
穿过旧日所有的花朵
风干而进入琐屑的历史

杯水时光

水穿越坚硬质地
沿路千仞抵达杯底
一缕时光凝然静止
映出古老而温存的面颊
远方的事情如约而至

水，在水中游移
凝结光线、虹霓，与空气
洗濯先人清净的面容
直至枯瘦淡哑
千年后的临花照影
依然只有轮廓如丝如线
昭示杯底秘密长驻

从哪儿生长

就在哪儿之底败落
枝枝莲花向潭底跌去粉红
以苍白之名领受命运最后的时日
并梦见火渡水升向高空

这是哪年哪月的春江秋夜
满载无尽的痛苦与花朵
一头扎入小圆杯底
那儿容纳所有残败的往昔
以及葱茏今日

糖浆时光

时光稀薄如糖浆
赭色，味苦性甘
平复咽痛，咳嗽
以及狂涌如大海的呜咽

只要一息尚存
美丽肺叶就不会枯萎
万物伫立于时光之刃
紧紧攫住裸露的微光
陡然下沉
飘落如雪

糖浆覆盖世界之平
裹住水与云
枯寂的河岸
一片尖锐的甜桃打开味蕾
腐烂沁人心脾

谁在时光深处辨认我
在我纷落如泥的面庞上
刻下闪耀的名字
此岸之舟载着痛苦
消失在茫茫天际

那群穿过雾霭的手
击败命运之后终被削薄
时光用力咳出我
如一枚干瘪失修的唾沫
喉管空空如也
疾驰如刀

常少宏

CHANG SHAO HONG

誓　言

春风荡漾的夜晚
没有月
连星星都没有
我们一起老去
是多年前的誓言

听，树在摇曳
远山的灯火一明一暗
骑士快马加鞭赶来
跨过溪水
黑夜里寻找幸福的源泉

郁金香盛开的地方
心灵的花瓣片片剥落
命运之神走远了

常少宏

毕业于中山大学哲学系，读书期间为校内外报纸杂志及电视台专题撰稿。毕业后在中国做了6年专职记者、编辑。1995年赴美留学，现为电脑工程师。

夜半歌声
敲打紧闭的忏悔之门

炊烟不再升起
绝望蔓延
破晓的雄鸡依然高叫
清晨里露水凝聚了
鹰，在头上盘旋

我们真的一天天变老
留不住年轻的身影
曾经的誓言
连梦中都不再出现
青春，原来可以如此缘断、魂牵

乡村娃娃

半夜你来敲门
恐惧恐惧恐惧
恐惧睁着无数的眼睛
听玩偶们从百年前走来
走过
走去
走远

我不认识你
我的内心北风呼啸
你的内心飘落几瓣雪花？
在壁炉的荒芜里融化

逃出一个空巷子
跑了一千里
寻找一个空房子
衣衫褴褛了
听窗外树叶与树叶在风中拍手
树枝与树枝在高处拥抱

你说你来自阿拉斯加
他不是你的爱人
你的爱在远方
那里的湖水已经结冰
炉火日夜燃烧
幸福等待着你
真的吗？
为什么带回另外一个男人？

玩偶们在呜咽
互相走失
穿过时光的隧道
不许开窗
乌鸦和马蜂伫立房檐窥视

这是一个暖冬
一切奇怪的事情正在发生

冬日的阳光

阿门！
哈利路亚！
冬日的阳光！

啄木鸟清晨四点开始敲窗
咖啡在壶里滴滴答答
是什么一明一暗醉倒在垃圾桶里？
不怀好意
一条蛇
一个阴谋家
蜷缩在树洞深处

我能否支撑这一整天
走尽这个冬日?

阿门！
哈利路亚！
冬日的阳光！

一棵树

一棵树坐在风中的旷野里

身体可以旋转的视野是一百八十度
看芸芸众生
换季的风冷暖交替着瞬间

也曾生如夏花，枝头肥硕摇曳
叶子疯狂地行走
枯萎的，金黄的，憔悴的，红艳的
在斜阳里灿烂着擦肩而过

老树裂开满脸皱纹微笑

脚下稚嫩的根须扎入松泥
列爪迈进神秘的湖岸
抚摸一汪清水

一棵树坐在风中的旷野里
顿悟来世今生
满心欢喜地轮回

无依靠的叶子们继续行走
寻找一个风雪交加的夜晚
跟随一个陌生人
卷风敲门

父亲节

没有父亲的父亲节
许多心里追随着天气
正在下雨
哭泣点亮了平静的路面
悲伤的高度在汹涌的眼泪里继续升高
杂乱的思念在轰隆隆的雷声中逐渐蔓延
脸，胸部，乳房凸显
捂住一张潮湿的杂货购物清单——
全家聚会时写满父亲生前的最爱：
酒，花生米，猪肉皮冻
一束盛开的野山菊花
被遗忘在干枯的年代里
那时没有父亲节
但是父亲还在

乔布斯的泪

以洪荒之力俯瞰人间
乔布斯在天国坐卧不安[①]

北风呼啸， 闲人闲客闲泪
一把孤剑，刺向何方？！

苹果7， 苹果妻
全世界男女老少争先入赘

“去年你种在你花园里的尸首，
它发芽了吗？今年会开花吗？”[②]

被先知咬了一口的苹果
能否逃脱终将走向腐败的命运？

---

① 乔布斯，苹果手机创办者，2011年因病去世。

② 此句来自艾略特诗《荒原》。

黄礼孩

HUANG LI HAI

黄礼孩

▶

广东徐闻人。1994—1996年于中山大学中文系自考函授。诗歌《谁跑得比闪电还快》被选入2006年《大学语文》教材，另有诗歌入选《中国新诗百年大典》等选本。出版诗集《给飞鸟喂食彩虹》《谁跑得比闪电还快》，诗歌评论集《午夜的孩子》等多部。1999年创办《诗歌与人》，现为《中西诗歌》杂志主编。

谁跑得比闪电还快

河流像我的血液
她知道我的渴
在迁徙的路上

我要活出贫穷
时代的丛林就要绿了
是什么沾湿了我的衣襟

丛林在飞
我的心在疲倦中晃动
人生像一次闪电一样短
我还没有来得及悲伤
生活又催促我去奔跑

条纹衬衫

风尝着命运的灰烬。就此别过
一个囚徒被押往徘徊之地
凭什么去解开生活的纽扣
疑问是条形花纹衬衫
穿在身上，像一个从污水之河里
上岸的人，淌着水。这包裹的水纹
渴望阳光猛烈地折射生活
阴晴不定的游戏
为躲开谜底而涂黑这个世界
一只病虎，轻盈如蝴蝶
没有蔷薇可嗅，它提着镜子与灯
寻找一件边缘潮湿的条纹布衬衫
世界需要新的编织
却从不脱下那件破烂的条纹衬衫
猫头鹰躲在口袋里，幽灵一般的视像
随时把命运带入不祥的黑色梦境

窗　下

这里刚下过一场雪
仿佛人间的爱都落到低处

你坐在窗下
窗子被阳光突然撞响
多么干脆的阳光呀
仿佛你一生不可多得的喜悦

光线在你思想中
越来越稀薄　越来越

安静　你像一个孩子
一无所知地被人深深爱着

细小的事物

我珍藏细小的事物
它们温暖，待在日常的生活里
从不引人注目，像星星悄无声息
当我的触摸，变得如此琐碎
仿佛聆听一首首古老的歌谣
并不完整，但它们已让我无所适从
就像一粒盐侵入了大海
一块石头攻占了山丘
还有那些叫不出名字的小动物
是我尚未认识的朋友
它们生活在一个被遗忘的小世界
我想赞美它们，我准备着
在这里向它们靠近
删去了一些高大的词

礼　物

我没有见过你
你的眼睛、肌肤
你的光亮、忧伤
像命中的礼物
加起来就是许多爱了

我省去暗处的嘈杂

我省去明处的闪耀
再努力把自己
省得干净一些

好消息就是福音
我的口唇温暖
想你的时候
轻轻地合上了眼睛

夜　气

时候尚早，足够我们去
凝视每一样深不可测的事物
直至它在内心变得简约起来

黄昏之后，夕阳的消失宣告了
我们对逝去的一切心存残缺的怀念
叶子在洁净的夜变得越来越冷时
我忆起父母，他们像黝黑的影子
在劳作，直到静谧的下弦月照亮

夜深，水的流淌像植物的薄纱
它托起一座山庄，身体的牢房
此时被打开，草木散发清香
一个生灵呼唤着另一个生灵
每一个都在相互倾听，带着看不见的气

古老的夜晚经过教堂
高墙之上，梅影斑驳，无知，无邪
我们交谈，面庞变得清晰起来

夜气带来群星闪烁的天赋
像未唱出的歌留存到明天

一些事物被重新安排

世界潜藏在细微的变化里
早上咖啡飘出香味，如从巢房里射出霞光
窗外低矮的橄榄树，还保持着凌晨以来的潮气
细碎的脚步声把听觉带到远处
而出海归来的渔人，他坐在院子里
看一只在树上寻找食物的小鸟。他写信回国
在自己的梦里。海洋遗忘，冰山坍塌
就在此时，他所珍爱的事物，被重新安排

给飞鸟喂食内心的彩虹

水知道水的深渊，在高处，也在低处
记忆赋予其风暴，一条演奏的水路
它的激荡，它的低回
琴键也难以平息呼吸的颤动
我并非想恭维牧场般的地中海
是风如翼迅速地展开，是浪似虹暗中涌起
在海岸线漫步久了，身体里的日子也排列成波浪
没有谁可以免于时间水纹带来的印痕
远在他乡的水银姑娘，我沿途收集你的碎片
却又在风中丢失，此地终是陌生的旅程
想起上次的告别，忧伤像海水从未停息
一个人携带的地中海，越来越辽阔
我推开迷途，试着给飞鸟喂食内心的彩虹

西藏来信

早晨的一封信，它的速度
是墨水落到白纸上的迫切
当你深情写下，海鸟与灵性互换
它含着一束浪花，洗掉途中的污垢
忧伤还在青稞上随风起伏
主宰着内心徒劳的生活
你触及藏波罗花，借用晨光
来消除前景不明的障碍物
你观察到一朵云变幻的六种方式
绿光在奔跑，交替着遁入它的轨迹
荒野的美色来得晚，那里有另一种时间
在季节之外，提供新的归途

岛　屿

我们常提到无人居住的岛屿
它是大海光中燃烧的婚床
歇息不需要在床上
就好像岁月可以不在日历里
我们还说起，湿润的肌肤
闪耀着心神不安的来访者
树林里白色的雾已散去
倒影中的旧灯塔隐约可见
它是大海站在岸边的一柱泪水
不再说话，专注海鸟用小脚
一点点在沙滩画出的地图
我确信岛屿是你召唤时的回声
那些香料和珍珠可以再一次丢弃

凡是有气息的都与你一起欣喜地歌唱
羊角叶肆意的生长已揭开一角
鲸鱼向上的喷泉竖起另一个水的形体
荫翳移动，未完结的生命
如斜向海面的椰子树，悬浮的果实
倒映到水里，细小的波纹像极了贝壳
此时，没人知道，如桨之翼扇出的风
与沙子、鸟翅、风帆，还有植物一起旋转
它们是自然放养在别处的野马
它的鬃毛，在黄昏的夕光里辽阔地疾飞

飞　扬

树穿过阳光
叶子沾满光辉
我静静地站在那里
闻着树的气息
树叶在飞扬
在散发着新的气息
我不能飞扬
我对命运所知甚少
常常忘掉一切

在不同的地方

我看见了你
在黑暗来临的时候
我踮高了脚尖
正是这种无知

原谅了我的恐惧
多少年过去了
黑夜还落在世上
它迈着安静的脚步
看着我们沉默变老
在不同的地方

黄晓东

HUANG XIAO DONG

白　帆

黄晓东

1963 年生于广东省惠来县。1979—1983 年就读于中山大学中文系。曾任职深圳市人事局副处长，深圳市龙岗区区长助理，共青团广东省委副书记，珠海市香洲区委书记，珠海市委常委、市委宣传部部长，香洲区委书记，南方报业传媒集团公司总经理，广东珠江电影集团有限公司书记、董事长。

在海和天之间
永远有一叶轻轻飘荡的帆
啊　圣洁的帆
像海鸥自由的翅膀
像朦胧缥缈的梦
像晶莹的珠泪

在海和天之间
永远有一叶轻轻飘荡的帆
啊　圣洁的帆
像远方默默的祝福
像寒光闪闪的剑
像苍白的花瓣

海和天之间
永远有一叶轻轻飘荡的帆

黄宇

HUANG YU

黄宇

中山大学管理系2012级学生。中国作家协会会员，曾获第二届《人民文学》“包商银行杯”全国高校文学征文散文一等奖，第五届《人民文学》“包商银行杯”全国高校文学征文诗歌二等奖，第五届中国校园“双十佳”诗歌奖十佳诗人奖等，文字散见《人民文学》《作品》《诗刊》《星星》《文学界》《羊城晚报》等。

生　词

我的恐惧就像
一只盘旋在群山之巅的黑鸟
找不到落脚点
寒冬腊月，鸟背上
一种无法预测的高度令人恐惧

夜晚在虚弱状态下乘机靠近我
与我来一场邂逅，用新故事
排解空虚、孤独，却没想到
隔天，就有人因情节重复出现审美疲劳

美丽是瞬息万变的描述，不断反复出现。最终，还是我
想要塑造永不腐朽的经典，害怕昙花一现
夜晚，池塘暗处隐藏着
蛙的叫声，它想就这么叫成一个钉子户

直到所有的词汇走到悬崖边
在绝境中眺望辽阔的大海
没有一种描绘能体现夕阳的美
中间是生与死的分割线，如深渊
触不到底，坠落即失联

而我必须表达出内心最真实的感受
声音清澈而洪亮，当它开始变得急促时
沉默的人也跟着开始发声
喉咙越来越不像自己

最后他们终于坦言，经典只是
一种人为装饰，向地平线走去
一直保持前行姿态，一直不曾抵达

正好走到某个点，看因果轮回时
面向死亡，心静如水
一个词语的原有含义土崩瓦解

沉默的丛林

春天来了就忘记刺骨的严冬
就像隐私，藏在角落
秘密不需要公开
季节在变化，河流一直奔走
嫩绿的叶托着温和的光
——晨曦中，天涯在传递遥远

岁月的枝过于繁茂，斑驳横生

暮年的表情浮现沧桑
似乎沉默比喧哗更理解生活本质
远离高傲，远离孤独，远离理想主义
留下沉默本身散发温暖

模　样

守住一方土地驻留，扎根
吃饭以及喝酒。假装世故
披头散发的模样，比天空还成熟
或者像杂草，卑贱而顽强
在干旱中找生存的根
饥渴，期待。风越过高高的头颅
一双眼睛，在人海中流浪
守护理想或者妄想
掐住生活的命脉
身材矮小，目光长远
在大地开裂时，不惧死亡
住在山上，监视一条河流的动向
喜欢看雄鹰和天空赛跑
有时，也会走下山
与贫瘠的大地交谈
直到悟懂人世的真善美
抚摸着心灵的裂缝，告诉自己
这只是一次纯粹的意外
遇到朋友，依然微笑
好像还能补救。如一弯明月
挂在苍茫的夜空，漆黑已经
成为一种绝症，无药可救

夕阳之歌

黄昏是一幅将被夜晚摧毁的画卷
如此悲壮的时刻，找不到阻止的理由
去南方探访故人，在老巷录下熟悉的旋律
告别时，与一个夜归者相遇
两个背影模糊的人，把彼此当成黎明，种下烈日
再次哼起夕阳之歌
才发现光明如此灰暗，像背过身的镜子
被黑夜不小心
一脚踩碎

梁慧春

LIANG HUI CHUN

梁慧春

中山大学中文系1983届汉语言文学学士。曾任中央人民广播电台记者。出版中美译诗、汉语著作多本，创作及译作也刊登于中英文海内外媒体。现为美国密苏里大学哥伦比亚分校东亚项目汉语讲师，2016年获该大学文理学院年度紫粉笔教学奖。2006—2016年为美国虚拟艺术家集体编委会编辑。

没有祖国的人们

没有祖国的人们，
是山坡上的羊群，
聚散无常地游移着。

没有祖国的人们，
是蓝天下的白云，
庄严而凝重地悬浮着。

没有祖国的人们，
是枝头的绿叶，
舒张而丰盈，
在晨风中，微微颤动

没有祖国的人们，
是秋季的天空，
离自己越来越远。

游黄河上游

母亲河，这是你吗？
这样浅浅地，
浅浅地走在嫩绿一道，
鹅黄一道的卡日曲草原。
灵巧的裸足，
跳过每一颗挽留你的卵石；
柔软的手臂，
挥牧羊群、苜蓿和遍地的雪莲花。
风和日丽的午间，
醒来爱睡懒觉的凤毛菊，
陪你轻轻谈话。

母亲河，这是你吗？
这样蓝蓝地，
蓝蓝地环绕在一片黑石头下。
一个藏族老人，在那儿终年讲述
公主和藏王的传说。
你的朋友鸬鹚追寻黄昏去了，
水毛茛也频频摇荡，催你起程，
而你，还是忘了把小湟鱼送回家。

母亲河，这是你吗？
这样急急地，
急急地奔跑在棕色的悬崖和年久的索桥下。
寂静的冰峰，
守卫你的纯贞；
耸立的岩羊，
目送你追赶那朵莫测的云，
不泄露一句话。

哦，母亲河，
痴情和忠诚的斑头雁，
牵引你一缕幽思，
一年一度南来，
黄土风沙和戈壁落日，
驮你日夜兼程，北往。

你这样一步一回头，一步一喧哗，
让他们在一个月夜，在某一个峡谷，
为你洁净的颈脖，
锁一条发光的项链，
或在城市的边缘，
裹一层绿色的纱。

哦，母亲河，
你这样一步一声吟唱，
一步一朵浪花，
不经意翻越了无数沙漠，
平原和古老的山冈。
丰腴，温暖，晒得褐黄的手臂，
环抱起广袤大地上
和你肤色相同的孩子。

哦，母亲河，
也让我一路走一路吟唱，
追溯你来路步步清澈的溪流，
一直走入
每一个母亲保持初衷的心房。

那涓涓涌流的源头，

使我记起，
我刚逝去的十八年华。

杨　树

斧起斧落
泪如泉涌
泪尽之后
你便又睁开
一只秀美的眼睛

野渡

YE DU

梦 见

梦把黑夜
捅了一个洞
我从此处
见群山
与它们的影子

然后月亮张开了眼
一片马蹄远去　是首平仄的绝句
星星一颗一颗地摔下来
溅了满山的碎霜

野渡

中山大学岭南学院2017级在读学生。

程学源

CHENG XUE YUAN

程学源

1965年2月9日出生于广东河源市。1988年毕业于中山大学中文系，现为中国作家协会会员。出版有个人诗集《飘洒的心雨》《心灵风景线》等，其中《飘洒的心雨》荣获深圳市第二届青年文学奖，长诗《百年期待》荣获广东省第三届鲁迅文艺奖及广东省新人新作奖，散文《在德国的日子里》获第二届特区文学奖。

今夜的月亮

今夜江面的月亮
风儿吻过的浅黄
清澈的光辉铺满
眼前想你的时光

明月有云儿簇拥
如你流连的模样
江水在低声诵读
为你写下的诗章

月儿圆了的心事
玫瑰谢过的迷茫
如烟的往事历历
你可曾好好珍藏

月亮依旧地绮丽
江风吹来了安详
记忆润色了岁月
思念美化了泪光

远远的客船过后
谁人在回头张望
你在的那些温暖
折叠了多少忧伤

这样的盛夏时分
有谁在抚摸夜色
你是否如我这般
也说这月亮月亮……

风吹木棉

生命之中黑白的胶片
灵动却又泛黄的笑脸
有你低头瞬间的妩媚
映照年少赤裸的无眠

我的无眠长满了心事
窗外凉风浸泡的眷恋
白裤红衣走过的小巷
现仅留夜幕月牙一片

转眼你已长成了彩色
春风徐徐吹开了木棉
春雨飘来桃花的样子

淡淡的清香沁人心田

每次路过你在的花前
每次对视你给的诗篇
多少次默念你的模样
只求你留在我的视线

慌乱之间走进了数码
青春的日子删删减减
我在张望躁动的黄昏
是谁畅想有你的画卷

缘分之歌没人能唱好
命运的叫喊你该听见
花开花谢问谁能看淡
春夏秋冬留不住容颜

是谁偷走了我的岁月
是谁留下了温暖万千
是谁删除了花开日子
是谁稀释了孤独缠绵

今晨的太阳光辉万丈
昨晚的月亮清澈无边
时间风干了我的记忆
挑一季花香随你所愿

谢冠华

XIE GUAN HUA

构 图

大地空阔，江树有如浮线。
我依星辰的指引行走，
一步是一幅插图，次第延展
每一幅图都与书有关
与灵魂有关，灵魂隐于纸间。
我走过一幅幅图，一页页纸
有光，有神迹，有可言非言的道。
我同时感受着天容海色
疾风骤雨，陡崖上的冷峻石刻。
群星伴我走进时间的深处
每过一关，那些隐喻的插图
变成一张张的白纸，空无一物仿佛生命不断地结束与开始。
我来到一堵墙前，它在此已有年头
人们习惯到此掉头折返

谢冠华

海南儋州人，现居广州，华南师范大学文学学士，中山大学法学硕士，广东工业大学副教授。著有诗集《海岸线》《重新发现花开的方式》。

他们相信墙后面无路可走，因为，
真理早被黎明通知，广播四方。
然而苍鹰来过，作为大地的灵异。
我无法漠视灵魂的回应。
我试着用力——只用了平常的力道
墙，寂静倒下
我们面前的世界无边无垠，皓白如雪。

红树林

此刻我的呼吸融化在叶尖，随着浪涌
绿色之海潜入深蓝，有种子着床
静默点燃一场小小的浩大。
或者苍鹭引发一声长调，穿林打叶
有雨声洒落，风越过秋茄的愁眉
谁在我的心尖放下一把多弦琴？
在暮晚，霞光重复那段焚身的飞翔
不断加强水的暗示：许多身影
在浩渺中隐去，或在砰然中返回。
林中的鸟熟知此种孤独的往来
它们早已在自己的羽毛上燃尽悲欢。
我当然不能无视天地的晓谕——
一段蜉蝣的生命，包含爱、尊严
和忧伤。在呼吸中坠落与飞升
红树林持续丰沛的孕育，没有叹息
在无明中我依然渴望大海，渴望奔腾
汹涌的光化作涛声将海岸延长。

往返你辽阔如蓝的海

有一种爱
往返你辽阔如蓝的海

寂静的时候什么也看不见
嗔怒、孤独与忧伤
爱是顷刻之白，连着隐约的岸

当风暴来临，爱千山万壑
黑暗从未笼罩住你的双眼……
海会将一切平息
还有那些响亮的箭镞

如今，你最深处发出光
融于唇间的蓝，辽阔无比
有一种爱注定在这片海上往返
即便朗润，满目浪花

谢天元

XIE TIAN YUAN

爸爸在高高的自行车上

——爸爸昨夜知天命

那时候妈妈坐在岛屿上
爸爸是一座体操馆
我坐在二八大杠上
和大白菜一起踢腿、劈叉
穿红雨衣领取童年

12磅的蛋糕上我堆雪人、搭积木
才吹一口气冬日就跑到爸爸的头上
他买大量的菜蔬大块的肉
和胖子聊天，散圆形的步
在被未来淘汰的生活里，知足常乐

他依然骑车，骑向牌桌上的城市
骑向朴素的婚姻，骑向老年

谢天元

中山大学紫荆诗社
2010届创作部成员。

开始说车轱辘话，醉后唱歌
茶水里掺入皱折的荷叶
一生只在几栋楼里临窗抽烟

向夕阳借火，不打听同事的生活
和影子一起回家，说“别操心我”
他扣住了一种节奏，像体制一样安稳缓慢
历史只管标记好渐强渐弱、往复休止
爸爸们就在高高的自行车上，恰当如同音符

小春天

你想摸摸小灰斑点狗的额头
你说你喜欢它憨憨地喘着气
小黑猫倏地跳上孤单的屋顶
我瞧见烟囱里冒出了云雀和彩蝶
我敲敲城市的窗户等待一个必将没有的回应
因为春天是不回家的野孩子
春天是不束起头发的小姑娘
就把春天搂在怀里
当它是孩子而不是学生
给它疼爱而不是批改
把猫猫藏在松软的蒿草里
把抒情的句子藏在简单的诗歌里
田野里明亮的比喻大朵大朵地开放
来吧，我们将它们一一采下

鲍宏然

BAO HONG RAN

洁净的起点

十点一刻。此际，
我站在海边。
它宁静，泛着轻柔的浪花。
我看见孩子，看见海鸥，
我看见白帆在环游。
划过漫漫的云雾中，那是风。
来自天空视野之外的风，
没有痛彻心扉的号叫，
没有声嘶力竭的呐喊，
流入天空的视野之中，
它宁静，像漫长的力量。
我看见无数崎岖的印记，
从这里流出，似乎还有静默的马车，
纯洁是唯一的乘客，
苦难亦难抹消它的车辙。
而此际是十点一刻，我站在海边，
我看见白帆驶过。

鲍宏然

1994年生于辽宁，2012年入读中山大学并加入紫荆诗社。曾担任2013—2014年度紫荆诗社（南校区）副社长。

雷艳妮

LEI YAN NI

清晨持花穿过细雨

雷艳妮

湖北公安人。中山大学外国语学院英语系副教授，中山大学外国语学院英诗研究所成员，国际文学研究期刊EPSIANS（全英文杂志）编委之一，中山大学海外中国学研究中心成员，中山大学创意写作中心成员。主要研究方向为英诗与诗论、英语小说以及当代文学文化批评理论。

清晨持花穿过细雨
半梦半醒的花朵开放在胸前
直抵空茫的心间
所有的心事被雨淋湿
沉甸甸
沉甸甸

娇艳的花朵羞涩地拥簇
青春在绽放的刹那无所畏惧
哪怕知道一切都会转瞬即逝
片刻的狂欢与渴求定格
美即是真　真即是美

花香带我穿过童年的黑巷
抵达栀子花的洁白

秋天采摘红色果实的喜悦
成为一切回忆的背景
一直在对我喃喃诉说

南方的细雨
永远不会太大
刚够淋湿地面
淋湿企盼的心

在细雨中呼喊
在清晨的细雨中呼喊
花听见了
震颤着　紧贴我
童年的我也听见了
向未来，即现在的我
狂奔而来

清晨持花穿过细雨
细雨持花穿过清晨

乌鸦与空城

写作中的我
是一只月光下的乌鸦
影子流泻在地板上

每晚焦灼地飞出窗外
零距离探访我的空城
空气中充盈燃烧着的分子
爆炸的临界点随时有可能到来

寂静中滋长着疯狂
在寒冷的月光下
无望走遍每一个角落
每一寸土地
用我的翅膀
轻轻抚摸灰黑色古老厚重的建筑石块
栏杆拍遍
用我的深情
勾勒月光下的线条和轮廓
空寂无人的街道
暗示着飞翔的轨道
怎样才能终生拥有你
我的空城？
喑哑的我终将离去
离去之前的徘徊最是伤怀
想念已经没有意义
散落的羽毛是绝望的叹息

写作中的乌鸦
影子已碎成片片
再也不能重新拼起
一个完整的我

长街短巷

异乡寂静的长街短巷总让人忧伤
哪吒火热的风火轮踩踏在泥泞的雪路上
遥遥地传来教堂永恒的报时钟声
精确行走在时间的刻度里
冰凉的空气中

是悄悄流淌着的每时每刻的记忆

沉默的墓碑静静地站立
模糊的字迹几乎不可辨认
有老人手持酒瓶长久地站立在墓前
星空下无数或明或暗的窗口是燃烧与幻灭的集合……

此生的时间实在太短
一切都会变成尘埃
熟透的尘埃

而我们要让尘埃里
开出花来……
在一生的长街短巷里

蔡可丹

CAI KE DAN

大　雪

从《红楼梦》将掩卷处
从《水浒传》第十一回
谈论雪之古典
那时你的眼眸闪亮
我想像蜡梅花上融化的晶莹
暗香渗透初心
展望无边飞扬的白
填补长江岸的水天

而今你偶然抬眼
寒冷中
枝头并立的坚韧两朵
已无法再说
“那是我们”
该有一片圣洁的冬景

蔡可丹

曾用笔名珂子，“70后”，广东澄海澄城人，于1996年至1997年自学完成中山大学主考的汉语言文学考试。自2005年以来，在市级以上报刊发表诗歌、散文、小说一百多篇。有作品收入书中。

宽慰相忘于江湖之流年

在南国之南
尚暖的冬风中
我时常对似雪的物象
或晨雾或素洁的花瓣
或是，静夜的明月光
向上苍
诘问一遍又一遍

回忆白茫茫
雪之大
从那年覆盖到今天

这　里

这里，雾失楼台
混目的鱼珠四处潜伏
魔怪转动手里的木棒
天地
搅成一锅浓粥
焦味隐隐升腾

枯枝上
蜗牛埋头赶路
一只粉蝶突围冲撞
玫瑰抱紧火焰的心
兀自取暖

蔡式莹

CAI SHI YING

文园小筑

飞起的檐角隐隐约约
如斜挑的眉梢
窗台朦胧若月
似半遮半掩的闺中人
望眼欲穿
风铃在檐下清脆跳跃
传达如弦的渴盼
巷子里的脚步声
却没有如期响起

檐角似钩　花开如画
让人数着雨滴
牵成相思的丝线
把夜咳嗽成一袭白衣
在昏黄的灯火背后

蔡式莹

1979生，广东汕头人，笔名丁香花，2005年参加中山大学汉语言文学自考专科毕业。小学语文高级教师，汕头作家协会理事，作品见于《羊城晚报》《汕头日报》等，著有诗文集《韩江摆渡人》，参与编辑《杏园诗社史话》等。

瘦长的身影落了一地
砸痛了自己

月光吹响遗落的箫
院子里的丁香开了
门前的紫藤也开了
紫色爬满雕花的窗棂
一个游子从海那边漂来
一步一步数着
这深巷有多长
这小筑有多深

站成一棵树

浮云恋着蓝天
透过七彩的缝隙
磨砺成洁净的水珠
装饰了远方一盏暖黄的灯

光线把温度带走
燥热的泥土变得冰凉
唯独留下我的思念
飞到哪儿就在哪儿扎了根

门前美人蕉花开了
那血红的颜色
是我想你的颜色
纷纷飘落的黄叶
在失去温度的寂静里
随河流漂泊

你走之后
我在原地
站成一棵树

谭畅

TAN CHANG

女儿心（东莞启示录之一）

别动姑娘的自来水开关
廉价的金钱只够买廉价的笑容
紧闭双唇的忍受烧焦了眼睛
维持生存的劳动力木然再生

七雌一雄的经营团队令人惊讶
竞争着进贡是所谓的爱情
甜言蜜语的魔力远远大于想象
那些荒芜的女孩子渴望做梦

街灯的光圈切割着家的距离
受尽欺凌的他乡无处逃避
软弱的泪水只留给孩子
但绝不让他知道人生有多痛

谭畅

原名谭昶，写诗、作词、编剧，兼事翻译。就职于广东省文联，广东省文艺评论家协会副秘书长。中山大学2004级MPA，暨南大学文艺学博士。曾获中国音乐文学学会歌词创作特等奖。2014—2015年先后创作大型跨界舞剧《狐眼爱语》《先生》并在广州公演。

身体如戈壁奔驰过马群
月牙泉和鸣沙山依然宁静

文字上的女人

今夜，天堂在一碗饭的光芒里走近
走近你挺拔的金色花蕊
接住我不可一世的寒碜
偷偷退掉纸巾和餐前小菜
对海鲜别过脸去的倔强
皱起鼻头，你笑得诡异
不放过我一丝狼狈
那个手捧工资卡的人比你更悲凉
她攥紧满把时光伤痕
你独裁的，可都是纸上铅字
一粒粒跃出笔端，在你唇齿间翻腾
被柔滑的舌哺育成珠
像月亮终于为海浪磨蚀
我被咀嚼得满心欢喜

符　号

时间像刀片划过面颊
空气切割成60个冷酷小格
被标点填成蚁穴
逗号是电话挂断后的嘟音
尾巴扫碎体面和尊严
如仓皇的鼠
问号总在折磨睡眠

鱼钩下挂着眼圈的黑太阳
引号成对儿出现
是互掷的高分贝
攻守的交谊舞
破折号直刺肋骨
是猝不及防的歇后语
让心脏痛得发痒
省略号是一捶捶的可怜样
岁月里一次次发嗲
血和肉混在一起
搅成长命的秘密
句号是泪珠、乞讨饭盆
还有上吊的绳扣
只要你再次背叛
做自己的敌人
空中将留下奖励的括号
像敞开的双乳
悔恨娩出的洞口

惊　春

情感的白马穿过树林，我们青春不再
而眼光频仍。我们还拥有雀跃不甘的心脏
鲜花已经吻遍了大地，我们的爱还没有着落
我们的生活覆盖着终年的积雪，徒劳地叹息
我们内心的甘泉因焦灼而干涸，黄沙弥漫
我们渴望被温暖被抚慰被紧紧抱在怀里
天依旧是乌黑的颜色，我们的呐喊无声，全身无力
我们的膝盖僵直而内心屈辱，下跪已不足以赎罪
我们遍寻良心的足迹而一无所获，我们因失望而变得

怯懦

岁月无情流逝，我们越来越认不出自己
在夜深的案头我们头痛欲裂，心头空虚而厌倦
苍白闪烁的荧光屏呆望着我们长期无法安享睡眠的眼睛
在春风的暧昧里我们面目模糊，泪水奔涌，悲痛莫名
我们其实无处可在，亦无处可逃，纵使都市喧嚣

谭建生

TAN JIAN SHENG

谭建生

笔名林田，1959年生于广东省，中山大学企业管理专业硕士研究生，高级经济师。现任中国广核集团有限公司副总经理。出版《小草》《谭建生短诗选》等诗文集。合编出版《中国当代绝妙小诗130首》和《中国当代百家微型小诗精品》等。诗歌、诗论散见于《诗刊》《华夏诗报》等刊物。

炊　烟

炊烟是无根的藤
省略了绿叶装饰
唯有与云的灵魂相融
才是终生的信仰

炊烟是条思乡的路
在生命四季里不设关卡
只供在梦中行驶

炊烟是母亲永远的围巾
在童年的田野里温暖

炊烟是云的姐妹
在天上人间
各自洁白，各自温柔

秋天的故园

好沉重的一叶秋
总翻不过去
遥远的日子是故园的秋天
秋天的故园是永远的童年

故园里的书总也读不尽
故园里的诗总也写不完
秋天的故园
那是心中永远的沃土

好吧，且种下
思念的春
期待收割成熟的夏

熊芳

XIONG FANG

熊芳

▶

1987年出生于湖南常德桃源。毕业于中山大学中文系，现在长沙某商会任内刊编辑。2016年10月参加《人民文学》“第五届新浪潮”诗会。

影 子

小区里的一位奶奶
在教两三岁的小孙女认识自己的影子
但她的目光一直停在我的花裙子上
还有我闪闪的高跟鞋走路的嗒嗒声

而我们都是别人的影子
在阳光里失踪
小女孩走到哪，影子就跟到哪
她叫着，影子走开，走开
她在反对沉默的自己

妈妈的手

妈妈的脸还是那张面孔

温暖的笑，触动我的悲伤
妈妈的手，却不是那双光滑俊秀的手
带着岁月的慈悲
在我身上抚摸出疼痛

遥远的事

那时候我觉得长大是遥远的事
那时候看着别人穿高跟鞋是遥远的事
那时候说恋爱是遥远的事

现在觉得童年是遥远的事
现在要对母亲流泪是遥远的事
现在要看着一只蜗牛慢慢地爬是遥远的事

如果没有爱上你多好

我们在牵挂中忘却
又在夜深人静时想起
如果不认识你多好
就不知你肌肤的温暖

风没有对树叶说，我只是路过
树叶就那么爱了
如果没有爱上你多好
心还是自己的

头等大事

这家理发店名为头等大事
每次我都不敢马虎，点3号理发师
他一见到我，总是那一句
“大美女来了”
我能从混杂的洗发水的气味里
分辨他的气味
并在他的气味里游泳

有次一个顾客顶着一头湿漉漉的头发
等着吹干
3号一边拨弄我的头发
一边大声地问
“这是谁的头，这是谁的头？”
在场的人都差点笑喷
只有那个顾客一脸愕然

想想3号理发师的话有意思
我们的头属于自己吗
也许有人会答一句：“我的头在哪？”

紫荆花开

《世界最初的直觉：中山大学诗歌选》后记

中山大学自孙中山先生1924年创办，历经百年时光，成为名校。校歌《山高水长》唱道："白云山高，珠江水长；吾校矗立，蔚为国光。"在中国现代文学诗歌领域，中大成绩斐然。先后在中大任教的有鲁迅、郭沫若、郁达夫、成仿吾、梁实秋、陈寅恪、洪深和梁宗岱等名师，他们为中国新文学和新诗做出过开天辟地的贡献。鲁迅的散文诗集《野草》，郭沫若的新诗集《女神》是中国新诗的奠基之作或经典之作。梁宗岱一生追求完美主义的翻译，他翻译莎士比亚、歌德、波德莱尔、里尔克等西方诗人的诗歌，为中国新诗创作提供了丰富的营养。

中大是中国最美的大学之一，校园里有红墙绿瓦的古建筑群，绿荫如盖的榕树和樟树，像苗条少女般的馨香的柠檬桉树，碧草连天的草坪和随风摇曳的紫荆花。校园北门外有汩汩流淌的珠江水。地处改革开放潮流的广州省会，相对开放自由的学术氛围，使中大成为一大批优秀诗人的摇篮。

1978年以来，中大学生的诗歌创作，一如校园马岗顶上的杜鹃花，在南国的春光里红艳艳地满坡绽放。1979年中大学生成立了钟楼文学社，创办文学刊物《红豆》；1981年，成立了紫荆诗社；1994年中大成立了南方文学社，社刊《藏海》；2005年成立了中大岭南诗词研习社。四十年来，中大培育出了一批诗人和诗评家，他们的诗歌作品，刊登在国内外报纸与诗歌杂志上，在岭南校园乃至全国诗歌界引起了较大反响，中山大学也因此成为南中国高校的诗歌中心，中国新诗领域的重要园地。

在中大，对新诗发展贡献最大的是紫荆诗社。紫荆，是南国常见的花树，在中大校道两旁随处可见。春天红紫色的花朵开满枝头，春风春雨，落红满地，难免勾起诗人的几分诗情。紫荆诗社因此得名。

紫荆诗社以弘扬新诗为宗旨，致力于新诗创作和传播，是中大学生自发建立的一个以创作和交流新诗为主的社团组织。自创办至今，历经沧桑。1981年诗社在广州南校区康乐园创立，1983年诗社社团注册，1991年诗社停办，2006年在珠海校区恢复紫荆诗社社团注册。三十年间，紫荆花开花落，至今不败。

中大校园学生的诗歌活动是生动活泼、多姿多彩的。我是紫荆诗社初创时期的成员，20世纪80年代初期的紫荆诗社的成员，都是一群充满梦想和激情的学生。紫荆诗社每月都组织社员在秀丽的东湖聚会，朗诵原创诗歌，彼此点评，提升诗艺。翠绿的水杉树下，田田荷叶旁边，留下了少男少女们如诗年华的身影。所以许多年过去了，诗社的同学们一批一批走进了社会，总是难以忘怀和舍弃诗歌，诗歌已经成为他们生命中真情、温馨的精神家园。紫荆诗社和文学社，当时每年都联合举办诗歌征文比赛，1982年，我原创的《人间的鲜花》一诗，获得了学校征文比赛诗歌奖。

人间的鲜花

当梨花在山岭间凋亡
蔷薇的甜香沿街巷飘散
翠湖上面，就有一种乳房形状的花苞
丰盈卓立，出水开放
而当秋风吹起银号，南飞北雁
田原里，就弥漫着野菊的芬芳
人间的鲜花从不间断
在寒冷的冬夜，霜雪下降
宅院中，就有梅花的枝干
在朦胧的天光下悠晃

这首小诗，就是从紫荆诗社这个肥沃的诗歌花园里培育开放出来的小花朵，散发出青春岁月的理想光辉。《世界最初的直觉：中山大学诗歌选》一书中的不少诗人，都是紫荆诗社的成员。紫荆诗社，可以说是中大诗歌的“黄埔军校”，有众多热爱诗歌的同学，在这里接受了诗歌的熏育，这里也是他们诗歌创作的滥觞。目前，在校的紫荆诗社成员逾百人，常规活动有“清夜诗话”诗歌夜、“红叶传情”情诗节、中秋咏诗会以及各类不定期的沙龙讲座等。紫荆诗社在中大，具有广泛且深远的影响力。

去岁10月以来，在征集中大诗歌，编辑出版《世界最初的直觉：中山大学诗歌选》一书的过程中，得到母校中大和紫荆诗社众多师长同学的热心支持和帮助，特别要感谢感恩中大中文系张海鸥教授、张雅萍同学，图书馆系的诗人冯娜和广东省诗歌研究中心的朱子庆学兄，他们为编辑此书做出了巨大的贡献。祝福中山大学的诗歌，像紫荆花一样，年年岁岁，绚烂绽放，如云似霞！祝愿中山大学的诗人，不忘初心，钟情诗歌，有如校园里的青青榕树，永远持有着不熄不灭的光芒！

黄东云　记于广州大学城南区

2017年5月26日